文春文庫

歴史を紀行する

司馬遼太郎

歴史を紀行する◎目次

＊本作品には今日からすると差別的表現ととられかねない箇所がありますが、それは作品に描かれた時代が反映された表現であり、その時代を描く表現としてある程度許容せざるをえないものと考えます。作者には差別を助長する意図はなく、作者は故人であります。読者諸賢が本作品を注意深い態度でお読み下さるようお願いする次第です。

文春文庫編集部

歴史を紀行する

竜馬と酒と黒潮と〔高知〕

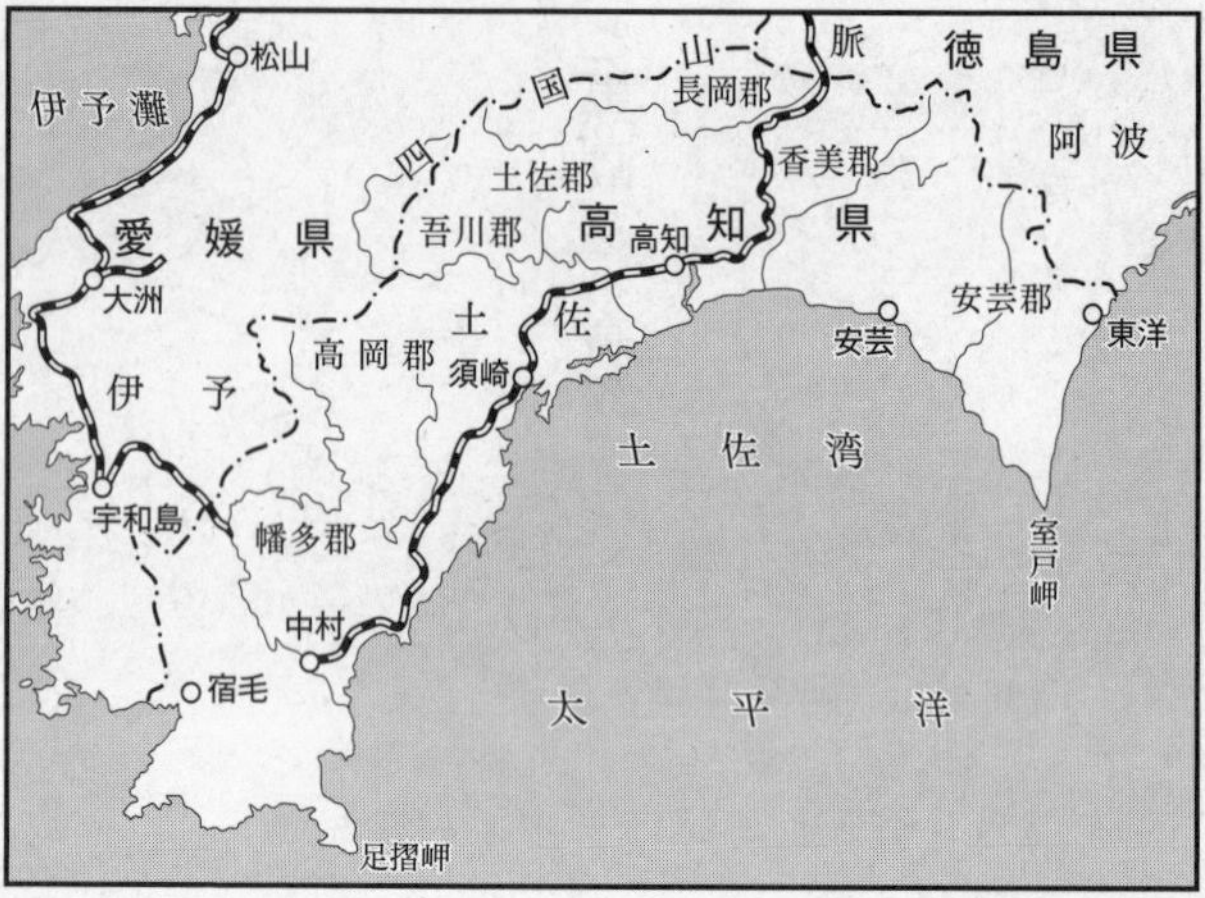
松山
伊予灘
四国山脈
長岡郡
徳島県
阿波
香美郡
土佐郡
吾川郡
愛媛県
高知県
高知
大洲
土佐
安芸郡
安芸
東洋
高岡郡
須崎
伊予
土佐湾
宇和島
幡多郡
室戸岬
中村
宿毛
太平洋
足摺岬

風体野盗に異ならず

ずいぶん土佐と土佐人のことを書いてきたが、われながら妙である。なぜこれほどの関心を持ったのか、この稿を書くにあたって考えてみたが、わからない。多くの場合、理由をことさらに考え出すということは、物事を鮮明にすることではなく、理由のぶんだけ物事を複雑にするか、その理由のぶんだけうそになりがちなようである。

豊臣時代、大坂城下の町民たちがはじめて土佐武士というものをみた。土佐の長曾我《ちようそか》部《べ》氏が秀吉に降伏し、大坂へのぼってきたのである。首長の長曾我部元親《もとちか》は屈強の家臣五十人をひきつれ、海路大坂に入った。沿道に見物がひしめいたが、みな、はなしにきく土佐人というものの風体《ふうてい》におどろいた。

——その風体、野盗に異ならず。

という。遠い海のそとから蕃族かなんぞがやってきたような異様さをひとびとは感じたであろう。着物はみじか袖で、背中に綿をたっぷり入れ、帯はといえば西畑《つむぎ》という木綿のものを胴でぐるぐる巻きにし、一見土竜《もぐら》のごとし、という印象であった。月代《さかやき》はほとんど坊主同然に大きく剃《そ》りあげ、帯びている刀は三尺もある長刀ぞろいで、差し添えている脇差ときたら、普通ならば短刀に毛のはえた程度の長さでいいのに、大刀ほどにながい。大刀が折れたときにすかさずこれを抜いて役立たせようとするのであろう。

騎《の》っている馬もまた異様であった。犬かとおもわれるほどにちいさかった。土佐駒《とさごま》とよばれるものであり、当時の日本でも最も矮《ちい》さな種類の馬で、騎馬戦をすれば馬格の大きなものにくらべて不利にちがいなかったが、しかし山路の騎走には大いに適し、荷駄《にだ》馬《ば》としても屈強であった。長曾我部勢はこの馬をもって四国全土を席巻《せっけん》し、斬り従え、やがて秀吉政権に降った。秀吉は元親に対する引出物として多くの物品をあたえたが、そのなかに鞍置《くらお》きの葦毛《あしげ》の馬一頭があった。

元親は帰国し、それを家臣たちにみせたところ、かれらは馬の大きさに肝をうばわれ、「これが馬か」と口々にさわぎ、さらにその鞍の美麗さに一驚した。鞍は梨子地《なしじ》のもので、当然ながら黄金色に光っている。なぜこれは光るのか、とかれらにはこの種の漆工《うるしこう》芸《げい》が理解できなかった。それほど土佐国というのは、日本の共通文化のなかから隔絶されていた。土佐人が、大規模なかたちで日本の共通文化と接触をもつにいたったのは、この豊臣政権という、日本における厳密な意味での最初の統一政権の出現のおかげであろう。

土佐の古名を、

「建依別《たけよりわけ》の国」

という。古事記に出ているから、その成立時代の中央人たちは、はるかな南海のその地方について、剽悍《ひょうかん》でたけだけしいひとびとの棲《す》む地帯という印象がすでにあったのであろう。この建依別という美称は後世にいたっても土佐人の好むところであり、土佐で書かれてきた郷土史の多くはかならずその冒頭にこの美称に触れている。土佐びいきの筆者も、この美称を好む。男子は剽悍であるほうがうつくしいからである。

黒潮が結ぶ三つの地

さらにこの美称から空想して黒潮の流れを想わざるをえない。黒潮は沖縄をへて、薩《さつ》日隅《にちぐう》三州を洗い、土佐をあらい、熊野をあらい、やがて沖へ流れ去ってゆく。薩摩、土佐、熊野という黒潮の流れる三つの地帯の日本人には共通したなにかがありはしないか。極端にいえば同一人種性が濃厚であるとおもうのは、筆者の妄想だろうか。戦前、沖縄の糸満《いとまん》の漁夫が、カヌーを操ってこの黒潮に乗り、潮のまにまに北上して鹿児島沖で漁をし、土佐沖で漁をし、さらに熊野沖まできて帰ってゆく。カヌー程度での舟でらくらくとそれだけの航海ができるのである。古代人もそうしたであろう。そのようにしてこの三州の沿岸に同血の種族の聚落《しゅうらく》をふやして行ったことであろう。

記紀には神武天皇があらわれてくる。記紀によれば南九州に本拠を置くこの首長が、武装集団をひきいて東征し、大阪湾に入り、摂津・河内の平野を陸行して大和へ入ろうとし、生駒《いこま》山脈で大和の土豪にさえぎられて敗退する。敗退してふたたび大阪湾にうかび、紀伊半島西岸を南航し、半島南端の熊野海岸に上陸する。それがいまの白浜あたりであるか新宮《しんぐう》であるかはわからないが、とにかく黒潮沿岸地方に上陸する。

そこにはかれら南九州勢と同縁の種族の大聚落があったからであろう。その首長が八《や》咫烏《たがらす》だったのであろう。その熊野族と合流して紀伊半島を北上し、大和に入り、征服を完結する。その伝奇の真偽はともかく、それがたとえ創作であってもその創作を発想させたのは、右の三地方の親近性ということではあるまいか。

熊野や薩摩は、まあいい。

ここでは、土佐である。土佐は熊野や薩摩とくらべてもくらべものにならぬほどに自然条件がその住民を隔離していた。

生物をすら、限定させていた。たとえば日本中どの地方にでもいるはずの鯉ですら、この土佐では三百年前までは棲息していなかった。一六五五年（明暦元年）土佐藩の宰相野中兼山《けんざん》が大坂から一万尾買いつけ、海路はこび、国中の川や池に放ちに放ってからようやく繁殖したという。鯰《なまず》もいなかった。鯉は鯰がいなければ繁殖しがたいということを上方《かみがた》でき き、鯰も一万尾買いつけてきておなじく放ち、鯉と共棲させた。

人間については四国を南北にへだてる脊梁《せきりよう》山脈が巨大な障壁になって他国との往来を隔絶させている。四国山脈の隔離能力というものは、日本の他のどの地方の山脈よりもはるかに大きいものであろう。汽船の出現によって浦戸湾を基点とする太平洋航路がはじめて開発されたが、明治以前の和船ではこの航路によって江戸へゆくことはおろか、大坂へゆくこともできなかった。

それまでは四国山脈の嶮路《けんろ》を越えていったん愛媛県に出、しかるのち香川県に入り、多度津あたりから大坂ゆきの和船に乗る。土佐国司紀貫之《きのつらゆき》などは五十余日をついやしているが、幕末にいたるまでのその交通事情はさほどにかわっていない。このような自然の事情が、土佐人の型に大きな影響をおよぼしていることはたしかであろう。

空想をゆるされるならば（大いにゆるしてほしいのだが）、この隔離性のためにかれら土佐人はその精神的骨格のなかに日本人の固有なるものを多く残し、また大きく翻っておもえば、かれらは唯一の固有日本人（あいまいな呼称だが）というべきものかもしれないのである。

土佐には和鶏の一種で「東天紅」という日本固有の鶏が天然記念物になって残ってい

る。古代の鶏の常世長鳴鶏《とこよのながなきどり》というのはおそらくこれにちがいない。その例を人間の世界にひきあわせるのはどうかと思われるかもしれないけれども、日本人としての固有性の高い存在というものがあるとすれば、それは土佐人ではないかという気がする。

土佐弁こそ日本語？

満州の地に鍬《くわ》をもった漢民族が移植して、固有の満州民族はさがそうにもいない。わずか六十万の種族をもって中国大陸を征服し清《しん》帝国をうちたてた愛新覚羅《あいしんかくら》氏の固有満州《ツングース》民族は、いまや漢民族と混血してしまって消滅しはてている。かれらが騎馬を駆って長城を越えたのはわずか三百年前のことであり、しかもその帝国はわが徳川幕府とおなじほどの寿命をもった。

それほどの種族がいまどこにいるかわからず、その言語は死語になり、その固有なるものをしいて探そうとすれば大興安嶺《だいこうあんれい》の密林のなかでも探険しなければならないであろう。血液の同化というのはそれほどに容易で、それほどにすばやい。固有なるものが残るということは、それほどに至難なことだが、四国山脈と太平洋の障害が、土佐人の風骨（血液とまではいわない。千年、万年という長年月にわたる緩慢なる血の交流が、土佐人をも人類学的な通日本人として仕あげてしまっている。しかし風骨といえば学問の制約をうけぬ把握ができるであろう）のなかに固有なものを残さしめているような気がする。

具体的事象のなかにも、固有なものがのこっている。土佐人は、水を midu という。づを発音することができるのである。づとずを区別する。ぢとじを明瞭に発音わけする。新カナづかいになったときに最大の被害をうけたのは高知県の小学生たちであった。かれらにとってはづとずはまったく別なものであるのにそれをすべてずとして書かねばならなかった。

江戸期に土佐藩士が江戸へゆき、江戸者をはじめ他国の者がこの区別ができないことに気づき、江戸弁や上方弁《かみがたべん》よりも土佐弁のほうが日本語として正しいとおもった。方言による劣等感をもたなかったばかりか、軽い優越感すらもった。これは幕末の土佐人が藩外活動をする上で自信の根拠の一つになったであろう。国語学者土居重俊氏によれば、「……土佐ことばの最も大きな特色であり、昔から土佐人のお国自慢の一つに数えられてきたことである」（「土佐言葉」）とある。坂本竜馬《りょうま》は生涯、どの土地のたれに会ったときでもまる出しの土佐弁で押し通したという。おかしければ本居宣長《もとおりのりなが》の「玉勝間」を読め、というところであろう。そこでは土佐人の発音の正確さについてほめて書かれているのである。

土佐は僻地《へきち》である。しかし僻地であるという劣等感はいまもむかしも土佐人は奇蹟的なほどにもっておらず、そのことが土佐気質の重要な一つであるとおもわれるのだが、これはその方言が日本語の固有なるものに近いという、お国自慢にすらかぞえる自信が大きく作用している。かれらの発音はあかるく朗々とし、一声々々が不必要なほどに明快なことが特色である。兵隊をヘータイといわずヘイタイと言い、整理をセーリといわずセイリという。

維新後、奥州会津《あいづ》の小学校で発音矯正《きょうせい》教育がおこなわれたとき、その教師は東京から招《よ》ばれず、僻地の土佐からはるばるよばれたという。こういうことから考えても土佐弁の明快さは世間の常識になっていたのであろうし、幕末の土佐系志士たちが田舎からいきなり政論の中央舞台に出ておめず臆せずに罷《まか》り通りえたのも、また維新後自由民権運動の中心的存在になり、壮士たちが各地を演説してまわれたのも、こういうことがかれらを大きく力づけているようにおもわれる。東北人にとって生涯つきまとう自己差別の意識から、土佐人は最初からあかるく解放されているのである。

物事を明色化する天才

かれらが暢達《ちょうたつ》な日本語をもっていたことが、一つはかれらを議論好きにしたのであろう。筆者は坂本竜馬について多くを知ろうとし、その郷国である土佐を理解するために何度も高知県に通った時期がある。町を歩き村を歩いてみたが、そういう暮らしや土のにおいのする場所よりも、むしろ高知の町の飲み屋街でより多く土佐人の気分というものを感ずることができた。

ついでながら土佐人は酒を飲む。それも甚だしい。国税庁の統計では酒の一人あたりの消費量が日本一であると言い、検察庁の統計でも酔っぱらっての刃傷沙汰《にんじようざた》の件数が日本一であるという。これは土佐人にとって愧《は》ずべきことであるか。

そうではなさそうなのである。土佐にあっては、ある者が泥酔のあまり自動車にひかれて死んだとする（そういう例はじつに多いが）。他の諸国ならば、だから言わぬことじゃない、とうとうざまを見たか、ということが反応になるであろう。

「ところが、ここではちがうのです」

と、ある知人がいった。よくやった、とまでは思わぬにしても、その非業《ひごう》の者に対して好感を持ち、そこまで飲んだか、痛烈なことよ、というような、たとえばリングの上で死んだ拳闘選手をたたえるようなそういう明色の感動をもつ。これはかれらの衒気《げんき》ではなくかれらの特質なのであり、この重要な特質についてはさらに後述せねばならないが、とにかく土佐人が他の日本人ときわだってちがうところは、かれらの意識をどういう暗い課題が通過しても、出てくる瞬間には化学変化をおこしたようにあかるくなっていることである。物事を明色化することの天才であり、この稿の筆者が感嘆するところは、酒量および酒の事故日本一という統計的記録における土佐人の肝臓の強靭《きようじん》さよりも、それをひらきなおってお国自慢にして謳《うた》いのけてしまうというかれらの明色性なのである。

果てしなく論じ、飲む

さて、議論のことである。

土佐人は議論を肴《さかな》に酒をのむ。筆者は多くの夜を、高知城下の飲み屋街ですごした。こんどの取材旅行においてもそうであった。

この街では、ウェイトレスとソファの置かれたバーはさほどによろこばれず、軒数もすくなく、そこへゆくような酒徒は酒徒のなかでも特殊なものとみられている。盛大を誇っているのは、飲み屋である。そこで働く女中は、

——五合《ごんご》に一滴欠けても勤められん。

といわれていた。最低五合飲めるというのが女中の採用条件であったが、ちかごろは求人事情が窮屈になっているため二、三合の者でも採《と》るそうである。しかし筆者の知りうるかぎりでは、たいていは一升か二升級の酒量保持者であり、二、三合程度のひというのは一人しか知らない。

飲み屋の二階というのはたいてい大座敷を屏風《びょうぶ》で仕切り、その点、江戸時代の名残りをのこしている。

こういう飲み屋街に身を置いていてたれでも気づくところは、三味線の音がどこから

もきこえて来ぬということであろう。唄もない。

議論である。

どの屏風のかげでも、さかんに議論をし、倦《う》むところを知らない。こんどの旅行中でも、背中あわせの一座から、すさまじい議論をきいた。

「犬が利口か、猫が利口か」

ということであった。議論のたねはかならずしも政治・経済・哲学でなくてもよく、どのようなことでもよく、たねがなければ杯《さかずき》は大きいほうがよいか小さいほうがよいかということで論じてもよいのである。

その議論の特徴は、他国のようにすぐ妥協してまああの結末になってしまうようなものではなく、あくまでもあらそうがためのものであり、互いに異を立てあい、激しく互いの異を論難しあい、果てしもなく論じ、そのあいだに五合、六合と酒を飲み進んでゆく。まあええがな、三味線でもよぼう、というような曖昧模糊《あいまいもこ》とした、その模糊たるところを愉《たの》しむような上方的なふんい気はかれらの好まぬところであり、互いに一歩も退かず、抜きさしならぬ切所《せっしょ》で斬りむすんでいる。議論の武器であるかれらの日本語はもっとも暢達性に富んだものだから、互いに触れれば骨まで切れるような刀で斬りむすんでいるようなものであろう。

上方ということで思いだしたが、かつて大阪の百貨店のDが東京に進出したとき、店員たちをあらかじめ大阪で教育した。そのとき、教育主任が「東京へゆけば、何カ月か売れゆきが他から注目され、どこへ行ってもその話題が出るだろう。みな、どうです売れていますか、とかならずきかれる。そういう場合の返答ほど商人にとってむずかしいものはない。謙虚なつもりで、いいえたいしたことはありません、などといえばすぐ不景気な噂が立ってしまう。かといって売れています、大へんなものです、などといえば新入り早々でもあり、カドが立ち、他店から憎まれてしまう。そういう場合に、大阪弁には便利なことばがある」

ええ、ボチボチです、という言葉なのである。それを使え、ということをD店は東京へゆく店員たちに指示したそうである。大阪言葉というのはそういう機微で成り立っており、かんじんな所でとらえどころがなく、この場合もボチボチどうなのか、売れているのか、売れていないのか、きわめて不明快であり、不明快で非論理的ながらその場は一種の気分でわかったようなわからないようなことで済んでしまう。相手も決して不愉快にはおもわず、上機嫌で帰ってゆく。しかしこの情感的な言葉では、ものごとは考えられないのである。法律的現象も物理学的現象もこの言葉では追いつめてゆけない。

鋭利明快なその言動

土佐言葉はおなじ西国ながら、しかも方言学的には上方圏内に入っていながら、きわめて非上方的性格をもち、その点が方言学的にも特異とされ、とにかくもボチボチ的表現が皆無であり、論理性が高い。きわだって高すぎることが、どの地方の方言にもみられない特性であるといえるであろう。

土佐の唄がある。歌詞はつぎに写す。その前に、この唄の意味は芸者と寝るか寝ないかということを友達同士で言いあっているやりとりであることを予備知識とされたい。いや、やりとりというよりもむしろ、イエスかノーかを息ぜわしく迫っているものであり、この論理的迫り方が、土佐言葉の大いなる特徴をなし、さらにはこの国の国人たちの気質と歴史に重要なかかわりあいをつくりあげている。

　土佐のなまりは彼奴《あいつ》にこいつ。
　お主《んし》ゃどうすりゃ。
　おら去《い》ぬる。
　件《くだん》のことは（女のことは）どうすりゃや居《お》るかや寝るかややめるかや。
　何《なん》つゃ（なんだって）やかましい、だまっちょれ。
　だまっちょれるか、措《お》いとぅせ（やめてくれ）。
　実《げ》に滅相くだらんねゃ、去《い》んだらお袋に言《なん》っちゃるぞ。
　たかで（まったく）たまるか、やちがない（ばかばかしい）。やァやァ。

すべてがこの調子である。シンガポールを攻略した日本軍司令官は山下奉文《ともゆき》であったが、山下は土佐人であり、土佐気質をもっとも誇る中学海南学校の出身であった。かれは英国側の要塞司令官パーシバル中将と停戦について会談し、この会談をもって相手に降伏を受諾させせようとした。しかし気の弱いパーシバルはそれに踏みきれず、なにごとか条件をもちだそうとすると、山下は土佐人としてはめずらしい蒙古《もうこ》型《がた》の容貌を傲然《ごうぜん》と持ちあげ、

「イエスか、ノーか」

と一喝した。パーシバルは急に気がくじけたように目を伏せ、イエス、と小さくいったという。この応酬の情景はいわゆる戦争名画にも残っており、当時さかんに新聞などで報ぜられたが、当時でさえ、山下の傲岸《ごうがん》そのものの態度はかならずしもすべての日本人の好感を得たわけではなかった。日本人たちは旅順における乃木希典《まれすけ》とステッセルとの会談風景にこそロマンを感じており、そのロマンは小学唱歌によって普及しており、筆者のその当時の記憶ではどの新聞だったかが両者を比較し、世がくだればこうなるものか、と皮肉をこめて書いていたように思える。

たしかにそのとおりであり、山下のこの態度には昭和陸軍の職業軍人のいやらしさが嗅ぎとられて同国人でさえ不快であるが、しかしたまたま土佐人であったこの司令官が、

たまたまその特異な言語発想でもってなにげなくこのように言ってしまったとれなくはない。むしろそうかもしれず、たとえばもし山下が京都の室町《むろまち》か大阪の船場《せんば》うまれであれば、絶対にこういう発作はおこさなかったであろう。

黒白を争ってやまず

土佐人の固有の気質がその方言をいまいうような性格に性格づけたのだが、同時に土佐人の発想と行動はその言語によって制約され、特徴づけられる。いま高知市で、人口密度に比して日本一多い職業はなんだときくと、意外に酒売り業ではなく、

――弁護士です。

という返答がもどってきた。しらべてみるとなるほどずばぬけて日本一なのである。その理由は簡単であった。民事訴訟が多い、ということであり、県民たちは互いの議論で片づかぬとなると断乎法廷へもちこんでゆき最後は法律で黒白をつける。黒か白か、生か死か、勝か負か、という、あいまいならぬ、抜きさしならぬ、ボチボチならぬ、そういう決着をはなはだしく好む。

この好むところが尊王攘夷《じょうい》運動になり、脱藩になり、官を捨てての自由民権運動になり、山下奉文のイエスかノーかになり、こんにちにあっては日本でもっとも過激な教員組合運動と、日ノ丸校長の存在とがたがいに拮抗屹立《きっこうきつりつ》しつつ高知県下の教育界に一瞬と

いえども平和な瞬間をあらしめていないところになってあらわれている。

とにかく土佐人の言語発想をもってしては行動が異様ならざるをえないであろう。たとえばある行動――脱藩でもいい――について土佐人が言葉を吐くとする。つい明快になりすぎ、途中で気が変わってももう追っつかず、自分の前言の手前、脱藩してゆかざるを得ないというところがある。幕末、もっとも多くの脱藩者が出たのは土佐藩であった。その理由は、政治的・歴史的理由がさまざまに入りくんでもっとも複雑であり、この稿に十倍の枚数があっても書ききれないが、一つはこの海南人の言語にも理由しているように思える。

かれらの行動はその言語のごとく鋭利であり、そのためにもっとも激越な行動場裡《り》に参加し、その時代、個人参加の志士という立場で路傍に斃《たお》れた者は土佐人がもっとも多く、その悽惨《せいさん》さは薩長の場合とはまるでちがっている。

土佐はなぜ、そうなのか。

薩長のように一藩勤王の体制（むろん完全な意味ではないが）を仕とげた藩ではなく、土佐藩は藩としては佐幕なのである。であるのに下級武士たちは脱藩してゆく。他の三百諸藩にみられぬ大量の革命参加者を出した理由は、一概にはいえない。その歴史的風土性に多くの理由を見出さねばならないが、このことは私は自分の作品のなかで書いてきた。

あらたにここで思うとすれば、土佐人がその特徴として多量に持っていそうに思える形而上的な思考能力というものであろう。

おそるべき平等思想

例がある。

土佐でいう「天保庄屋同盟」というものがそれである。この秘密同盟の結成は天保八年四月というから、幕末の開幕を嘉永六年のペリー来航であるとすれば、それよりも十六年前、まだ幕藩体制の強靭なころのことである。土佐七郡のうち、三郡——土佐、吾《あ》川《がわ》、長岡——の庄屋がひそかに集《つど》い、「他に洩らすべからざること」という密約のもとに締盟《ていめい》した。その締盟というのは、

——庄屋とは、天皇から任命された職である。

という、当時の一般思想からすれば奇抜きわまりない思想を前提としている。庄屋というのは百姓の親玉であり、本来百姓の世話役であるにすぎず、藩から命ぜられて納税のことを代行している職分である。それが、天皇直命の職であるという。天皇というものを論理の中心にすえることによってかれら農民がつねひごろ呻吟《しんぎん》している形而下的世界が、一瞬、一君万民の平等思想へ魔術的な化学変化を遂げるのである。古代、百姓は

天皇の大御宝《おおみたから》(「神代紀」)といわれた。つまり百姓は天皇と直接関係にあり、それをあずかっているのが庄屋という神聖職であり、その理論的世界からいえば武家など威張っていてもそれは何者であるか。浮世の都合でできあがったものではないか。

将軍、藩主といえどもそれは本来天皇が親政さるべきものを代行しているにすぎず、庄屋こそ「朝廷の御知行、作人どもをあずかり奉る万代不易の職掌にて、いささかもたじろぎ申さず」という、いわばおそるべき平等思想であり、多分に論理的魔術を駆使しているものの、ここまでものごとを形而上的世界へ昇華させうる能力というものは、同時代の他国の農民にはない。

こういう思考法への発動点は、どこにあったか。たとえば山崎闇斎《あんさい》や本居宣長の影響が土佐では濃く、それである、といってしまえばみもふたもない。その種の、日本体制の本質論的哲学はどの藩にも流布《るふ》していたが、どの藩の庄屋にもこの土佐のような、つまり自己を主観的に昇華せしめた奇抜な思想家群はいなかった。さらに土佐は、藩主・上士と、郷士や庄屋で代表される土着土佐人は、互いに人種的違和感すらもっている。藩主山内家の祖一豊《かずとよ》は尾張人であり、遠州掛川から関ケ原の功によって一躍土佐二十四万石に封《ほう》ぜられたが、その入封にあたってその新規の家臣団は上方以東において徴募し、非土佐人をもって編制し、それをもって入封した。このため土佐長曾我部氏の遺臣と号する土着土佐人とのあいだに、潜在的、ときには顕在的抗争が三百年間くりかえされた。

風土が生んだ思想の系譜

山内侍といわれる上士は沖縄における米軍のようにいわば三百年の進駐軍であった、といえるが、しかしそれを強調しすぎることも真を逸するおそれがある。その種のことは徳川時代にあってはほとんど日本全国に実例があり、かといって土佐のごとくその庄屋が天保年間においてすでに平等思想をもつにいたるようなことはなかった。ちなみにかれらは単に思想をもつ、といったふうの穏和な旦那的段階にとどまらなかった。

この秘密同盟五十二カ条の申しあわせのなかにはすさまじいばかりの戦闘的要素もふくまれていた。藩の侍にはどの藩でもそうであるように百姓に対する斬り捨て御免の権利が付与されており、事実その種の事件も多い。追われている百姓はたいていは庄屋の家に逃げこむ。「そういう百姓を侍にひき渡すな」（第四十六条）というのである。

その理論的根拠は「百姓は朝廷からのあずかりものであり、皇民である」ということなのであり、この法理そのものが封建的秩序への豪胆きわまりない挑戦といってよく、こういう思想的風土から幕末におよんでは郷士・庄屋などによる土佐勤王党の結成がおこなわれ、やがては坂本竜馬、大江卓、中江兆民、植木枝盛《えもり》といった思想人の系譜をあみあげてゆくのだが、いずれにせよ、天保庄屋同盟というのは一地方史的事件とみるべきではなく、日本の思想史的事件として評価しなおすべきではないか。

しかし、筆者はそのことを言おうとしてこの稿を書いているのではなく、そういう思想的風土を生むにいたるのは、土佐人の内部のどういう条件によるものか、ということなのである。

不足ながらも、右に諸条件を点綴《てんてい》してきたが、それでもなお筆者自身に納得がゆかない。納得を得るために、こんども本誌（「文藝春秋」）のT君とともに土佐に出かけ、人に会ったり街を歩いたりしてみたが、よくわからない。

この世を楽しめばよい

思考材料はある。

たとえば土佐人の無神論的あっけらかん性である。この土地の一種の奇蹟は、日本最大の宗旨である本願寺宗をほとんど歴史的にも現在も受けつけていないことであり、自然、日本人が共有している後生欣求《ごしょうごんぐ》的《てき》な湿潤な瞑想《めいそう》の感情をもっておらず、江戸時代からそれが珍奇とされた。

珍奇とされた事象としてよくいわれるのは、老人になっても男女とも寺詣りをせずポリネシア人のごとく、狩猟や魚釣りという後生にもっとも障《さわ》りのある殺生を老人どもが好むことであり、他国人がそれを指摘すると、「この世を楽しめばよい」と、どういう土佐の老人もいう。どういう悲惨なはなしでも、土佐人はそれを因果応報の暗い宗教的教訓に仕立てることはせず、からりとした俗謡にうたいあげて明色化してしまう。

その楽土礼讃性、非瞑想性、余韻嫋々《じょうじょう》の哀切感についての音痴性といったものは、仏教渡来以前の上代日本人をおもわせるものがあり、それは冒頭に触れた土佐人の固有日本人性ということにつながってゆくような気がする。土佐人は、他の日本人の通弊であるところの情緒過剰——というより、物事を形而上化する作業にあたって他の日本人がつねに挫折し、情緒的世界へ横流れに逃避して一種の疑似形而上性に安住してしまうとき、乾ききった論理的態度でともかくも肉薄しようとする姿勢をとり得るのはそういう理由によるものではないか。

中江兆民が癌《がん》を宣告されてから書いた「一年有半」における乾ききった精神というものは兆民だけの思想的特異体質ではなく、それ以前に兆民が土佐人であるという場所からみたほうが、より兆民の思想的内側があきらかになるであろう。

どうも、言い足りない。

言いたりないままにこの稿を終えねばならない。私はこの稿を書くにあたって、最初べつな書きだしからはじめるつもりであった。西郷隆盛が薩南の地で私学校生徒一万を擁しつつ反政府的姿勢をとっていたとき、土佐ではすでに自由民権運動が熾《さか》んであった。ともに反政府行動に起つか、とある県政の者が観測したところ、別な観測者がいった。

「土佐はだめだ、たとえば薩摩なら西郷の一声で私学校生徒一万がやみくもに起ちあがるが、土佐は一人を説得するのに半日かかる」と。こういう角度から書けば土佐人像のべつな一面をえがけるであろう。

しかしそれでもこの紙数では足りない。土佐人という、日本人のなかではきわだった一代表である性格を不足なく書きつくすには本で数冊ぶんの分量が必要であるようにおもわれるし、思われるどころか、それはたれかがやる必要があるのではないか。なぜならばこういう土佐的性格と思考法とその行動が、日本史とくに幕末以降の日本人の歴史に大きく投影し、影響したからである。

会津人の維新の傷あと〔会津若松〕

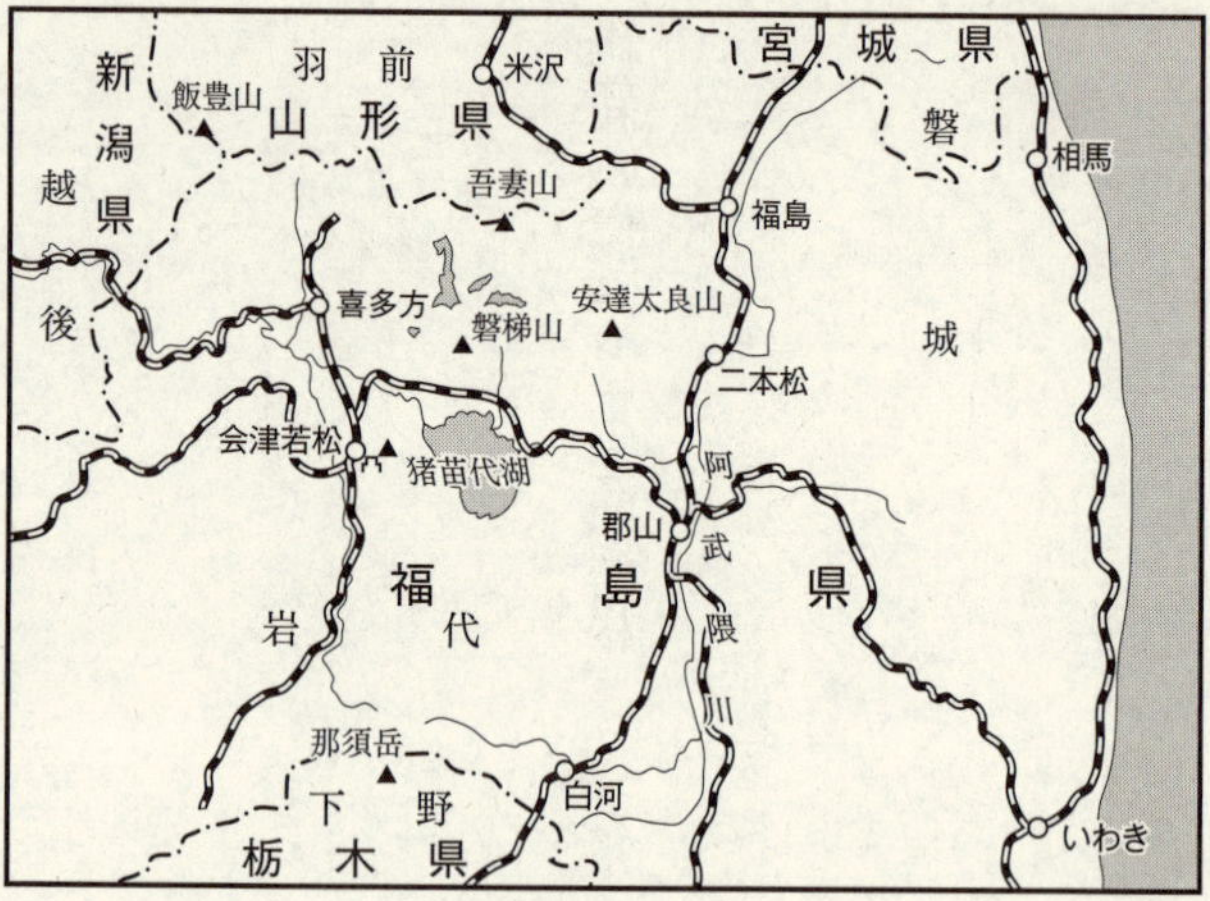
新潟県
越後
羽前
山形県
飯豊山
米沢
吾妻山
宮城県
磐城
相馬
福島
喜多方
磐梯山
安達太良山
二本松
会津若松
猪苗代湖
阿武隈川
郡山
福島県
岩代
那須岳
白河
下野
栃木県
いわき

晩秋の会津盆地は、はなやかである。

私はさきにこの土地にきたときもこの季節であったし、こんどもそうである。羽田空港で同行者のT氏と待ちあわせし、空港から上野駅まで時間ぎりぎりの乗り継ぎをした。都内を走りながら、もしこの列車に乗れなければどうしようとおもったが、しかしT氏は若年ながら胆略のあるひとで、「もしそうなったら」と、フロント・ガラスのむこうの雑踏を見つめつつ、「この車で白河ノ関を越えましょう」と事もなげにいった。ちかごろの日本には、ふたたびこういう大柄の青年が出てきているのである。

それをきき、私は内心むしろそうなることを望んだ。山越えで会津盆地へ入ってゆく峠々の紅葉はどうであろう。

結局、列車に間にあった。紅葉は車窓からみても十分に堪能できた。列車が会津に近づくにつれ、山々のあらゆる種類の落葉樹が、あらゆる種類の赤とあらゆる種類の黄にいろどられ、それが蒼天の下で映えわたっているはなやかさと大きさは、日本のどこの景観にもないであろう。

紅葉は、京の高雄や嵐山である、というが、それは渓流の対岸から賞《め》でるたぐいの紅葉であり、会津の山々のそれとはちがう。会津の山々の紅葉は人を壮大な色彩のなかにうずめつくしてしまう紅葉である。

しかしながら会津盆地の華やぎが晩秋にあるというのは、日本歴史のなかの会津藩の運命をいかにも象徴しているようではないか。

京の地を死所とせん

会津藩というのは、封建時代の日本人がつくりあげた藩というもののなかでの最高の傑作のように思える。三百にちかい藩のなかで肥前佐賀藩とともに藩士の教育水準がもっとも高く、さらに武勇の点では佐賀をはるかに抜き、薩摩藩とならんで江戸期を通じての二大強藩とされ、さらに藩士の制度という人間秩序をみがきあげたその光沢の美しさにいたってはどの藩も会津におよばず、この藩の藩士秩序そのものが芸術品とすらおもえるほどなのである。秩序が文明であるとすれば、この藩の文明度は幕末においてもっとも高かったともいえるであろう。

幕末、幕府はこの藩を京に常駐させようとした。文久二年なかばのことであり、京はいわゆる勤王志士が市中を横行し、佐幕派とみれば斬り、家宅に押しこんで殺戮《さつりく》し、その首をあたかも公刑であるがごとく鴨河原にさらし、ほんのこの一時期ながら京は無警察状態におちいっていた。幕府にすれば三百年、武力の真空地帯として京の体制を規定づけてきたが、ここに強力な藩を常駐せしめねばならず、その選に苦心し、ついに会津藩に白羽の矢をたてた。

ゆらい、この地は東陬《とうすう》にあり、時勢眼に暗かったが、それでも幕府の衰亡を予知していた藩士が多く、とくに家老西郷頼母《たのも》などは藩主容保《かたもり》に直諫《ちょっかん》し、

「いまこの難局にあたってその任をうけるは、薪《たきぎ》を背負って火中にとびこむがごとし」

と言い、極力幕命を辞退するよう申しのべたが、しかし幕閣の事情はそれをゆるさず、ついにうけざるをえなかった。承《う》けたとき、

「されば君臣ともに京の地をもって死所とせん」

と一同相擁するがごとく泣いたという情景は、のちの会津藩の運命と考えあわせるとき、われわれ史書を読む者はこの事を濃厚に記憶してやるやさしさをもたねばならない。幕末ぎりぎりの段階において革命勢力の標的にされたこの藩は、みずからこの死地にとびこんだのではなかったのである。

とにかくこの藩は、その勇猛さとその整然たる藩秩序と、さらに藩士の教養水準の高さを幕府から買われて京都守護職にされた。この藩兵千人が京に入ったとき、市中の町民のあいだでつぎのような俗謡が流行した。

会津肥後様、京都守護職つとめます
内裏《だいり》繁昌で、公卿《くげ》安堵《あんど》
トコ世の中ようがんしょ

たれがつくったのかよくわからないが、すくなくとも会津藩というものが、他藩とちがっていかにも重厚な藩であるという印象が市民のあいだにあったのであろう。

なぜこういう藩ができたのか。

背に聞く郷党の悪罵

「なぜできたのかなあ」

と、同行のT氏は、私と会津若松の町を歩きながら、しきりとつぶやいた。ちょっと違和感があるなあ、というのである。会津藩といえば、上質の漆器をみるような、光沢《つや》のすきとおった印象と、白虎隊《びゃっこたい》などでできあがった悲壮美の世界を感ずるが、現実の会津若松市での印象はかならずしもその過去と調和しない。

「会津若松って大きらい」

と、ある飲み屋の女中さんがいった。おどろいて理由をきくと、「ひとのわるくちばかりいう」といった。彼女はおなじ福島県でも新興都市の郡山《こおりやま》市から最近きた。郡山は福島県の大阪というべきところであり、全市が市場か商店街のようなところであり、どの店も店さきに商品を盛りあげ、どの店の店員も愛想がよく、素封家《そほうか》もなければ、旧士族もおらず、現金だけがすべての価値の中心であり、全市が陽気にさざめいているようなところがある。会津若松市はその点、人情にも気風にもすべて伝統の重石がかかっている。

会津への列車のなかで、朝日新聞社刊の「新・人国記」福島県のくだりをよむと、やはりそういうことに触れられている。政界人の項に、「これぞと思われる人材が出ても、少し芽が出ると足を引っぱるので大物が育たぬという人もある」と書かれている。が、読んでも気にとめなかった。なぜならばこれは日本の田舎の共通性癖であり、どの土地へ行ってもこの話はきく。

とおもって読み流してしまっていたのだが、会津若松で会ったひとびとのほとんどがこの土地のこの性癖についてほとんど情熱的に語った。そういうひとびとは、「その点さえなければ住みいい所なのだが」とかならずつけ加えた。

市役所で、市長の横山武氏に会った。若いころ新聞記者をしていたというこのひとは、闊達《かったつ》で能弁家で企画家でその市政についての企画をしゃべりだすと目が少年のように輝きだすといった、いかにも仕事好きの紳士だが、私がふとこの土地のその性癖についてたずねると、急に口をつぐんだ。やがて、「会津の病癖ですな」と、いった。

「この土地の出身者でね、東京あたりで成功したひとはひとりとして故郷を憎んでいない者はない。つねに背中で、郷党がささやく悪罵をきいている。が、そのくせ故郷が誇りなのです。むろん、誇りのよりどころは旧会津藩」という。

話を、その会津藩にもどそう。

時代を、徳川初期にさかのぼらせたい。なぜこの南奥の地に、会津藩という藩の傑作ともいうべきものができたか。

一度の浮気が歴史を創った

それには、艶話を語らねばならない。

艶話を語るには、徳川二代将軍秀忠というひとの性行から語らねばならない。秀忠の父家康が、

「わしは秀忠にただ一点及ばない所がある」

といったことがある。

大坂冬ノ陣のときである。家康は関ケ原出陣のときもそうであったように、多数の側室をつれて出陣し、野陣での身のまわりの世話を彼女らにさせた。家康が多淫のひとであったというよりも、この時期の家康は肥満しきっており、手が下腹部にまわらず、自

分の手で褌《ふんどし》が締められなかったというような事情もある。

が、若い秀忠はひとりの婦人も陣中にともなっていなかった。

――中納言（秀忠）、ご不自由ならん。

と家康は手紙を書き、侍女のうちから美貌の者をえらび、それにもたせてやった。この侍女をその閨《ねや》に置けというなぞであり、秀忠は当然ながら父の好意に恐縮した。ただし恐縮するばかりでかんじんの侍女についてはそれを鄭重《ていちょう》に送りかえした。家康が「予ついに秀忠に及ばず」と嘆息したのはそのときであり、そういう点の律義《りちぎ》さ、小心さ、臆病さがこの秀忠の生涯を通じての性格的特徴であった。かれは、同時代のひとびとも後世のわれわれも信じられぬほどの臆病さでその夫人を怖れた。

夫人は、江《ごう》または達子ともいう。高名な淀殿の妹にあたる。異常なばかりのヒステリーであり、秀忠の身辺につねに監視者を置き、いささかの浮気もゆるさなかった。秀忠は、それに堪えた。かれはおそらく生涯、婦人についての経験はその正室以外になかったであろう。

ただし、ただ一度の例外がある。このただ一度の例外については新井白石ですら興味をもち、「藩翰譜《はんかんぷ》」に書いている。乳母《うば》の侍女でお静という婦人にわずかに触れた。大奥の建造物内では正室の監視がゆきとどいているため、密会はできぬであろう。大奥外では婦人の歩行はゆるされぬため、あるいは夜陰、庭の繁みなどに互いにひそんだのではあるまいか。それも、何度というような逢瀬《おうせ》ではなかったであろうが、秀忠にとって不幸なことにその婦人が妊娠した。かれは狼狽《ろうばい》し、いそぎ江戸城から出し、その後生涯会っていない。

その婦人が、男児を出生した。秀忠はまるで猫が仔をかくすように母子を江戸からさえ離し、信州高遠《たかとお》へやり、その城主保科《ほしな》正光の養子にした。

その後歳月がたち、右の正室が死んだ。

「御台所《みだいどころ》さまが御他界あそばした以上、もはや」

と、秀忠の側近が耳打ちしたが、秀忠は夫人の亡霊でもおそれるがごとく、かぶりをふり、会津松平家譜の表現を借りれば、「而《しこう》シテ秀忠ソノ父子タルヲ表称セズ」

勤王藩が朝敵になった皮肉

そのうち、秀忠が死んだ。この時期、このついに公認されなかった将軍家公子はすでに保科家を継ぎ、保科正之《まさゆき》と名乗り、高遠でわずか二万五千石という小大名になっていた。保科正之が、非公式ながらもその貴種にふさわしい処遇をうけるにいたるのは、三代将軍家光によってである。

かれは、累次加増され、寛永二十年になってはじめて会津という膏沃《こうよく》の地をもらい、二十三万石(ほかに幕府のあずけ領五万五千石)という大名になり、のち御家門の礼遇をうけ、子孫は松平姓を名乗るにいたった。もし秀忠が生涯にただ一度（とおもわれる）浮気をしなかったならば会津松平家は日本史に存在しなかったであろう。その律義者の滑稽な浮気が、幕末、幕府の瓦解期にいたって徳川の親藩がことごとく薩長政権に味方《くみ》したなかにあってひとり、「徳川家の名誉のために」という旗幟《きし》のもとに時勢の激流に抵抗し、流血し、絶望的な戦いをつづけ、ついに悲惨な敗亡を遂げるにいたる結果を生む。秀忠は歴史的といっていい浮気をしたことになるであろう。

しかもこの私生児であった藩祖正之は、同時代の大名の水準をはるかに抜いた明君であった。というより、徳川初期の日本人にはめずらしいほどの思想的教養人であったといえるであろう。かれの思想は生涯で三転した。少年期にあっては人生の命題になやみ、禅学と老子荘子という虚無思想に熱中した。長じて為政者になってから、

「禅も老荘もおのれ一個の立命を得るものにすぎない。万民を救うものは政治学であり、儒学である」

として少年期の書物をすべて焼きすてて、儒者山崎闇斎についた。中年以後は、当時のモダニズムともいうべき神道と国学に転じ、とくに神道という点では逆に師匠の闇斎に影響をあたえ、闇斎をして垂加神道学を完成するにいたらしめ、正之もやがてその徒になった。

これは徳川初期にあらわれた最初の、しかももっとも過激な勤王思想であることに注

目せねばならない。「日本にうまれた者は皇室を守護することを第一とすべきであり、人間の大事、生死の大事もそこにある」ということを極意とするもので、この思想の系譜から当然ながらのちに多くの幕府体制の否定者を出し、幕府をふるえあがらせた。竹内式部、藤井右門、山県大弐《やまがただいに》という徳川期における最大の思想事件をおこしたひとびとを考えるだけでも、この垂加神道というものがどういうものであるかがわかるであろう。

この特殊な思想が、藩祖正之いらい代々の藩主の藩主学の伝統となり、どの藩主も神道によって葬られ、死後戒名ではなくことごとく神号がついている。この点、薩長はそういう日本のあたらしい求心思想——勤王思想——という点では蒙昧《もうまい》であり、幕末の寸前にいたるまでそうであったが、その点では会津藩こそその思想的先駆集団でありつづけたということはいえるであろう。その会津藩が勤王の敵にされてゆくところに革命の奇妙さ、政治の魔術、歴史の皮肉を感じずにはいられない。

これから連想するのだが（私のはなしはどうも飛びすぎるが）、私は自分の身辺の東北出身（会津人ではないが）の畏友《いゆう》にいつもいう。「東北人というのは、自分のような上方者にとって二つの点でかなわないところがある」ということである。

文学や絵画の世界の類《たぐい》がわかりやすい。会津をふくめた奥羽のひとびとは、こと文学に志すとどうにも根元的な、第一義的な、たとえば人間いかに生くべきかといったふうの大岩壁のような命題にむかって頭をぶっつけ、体をたたきつけ、血みどろになりつつもなおその岩壁をかけらでも欠きとろうとする。宮沢賢治、石川啄木、葛西《かさい》善蔵、石坂洋次郎の初期、中山義秀、太宰治といったひとびとの共通項をひきだしてくればほぼこの意味がわかってもらえるであろう。上方や瀬戸内海沿岸の出身者は、栄光ある例外をいく人か認めることができても、多くはストーリー・テラーになり、画家はカラーリストになり、造形の骨髄にせまることをむしろ野暮とするようなところがある。

純粋な、あまりにも純粋な

話をもどす。

勤王思想についてもそうである。幕末の上方の人間にとっては親王・公卿というのは近所のオッサンのようなものであった。江戸期の大坂のばくちうちは、全部がそうとはいわないが、軒下に宮さまの菊花紋章の提灯《ちょうちん》をかかげて賭場《とば》を開帳していた。京の宮さまにいくらかの冥加金《みょうがきん》をおさめ、その御家来という名目を拝領する。町の博徒が、である。

町の博徒が宮さま御家来である以上、町奉行所の権限外であり、役人は賭場に踏みこめないのである。

ついで、公卿というのは天子に次ぐ尊貴な血統集団であり、天皇の名代になる存在であったが、京の町民にとっては、たとえば奥州あたりの観念的勤王思想家がそれを形而上化して考えているような存在ではなかった。町では公卿のことをゴッサンとよぶ。

「ああ、きょうはゴッサンにおさめる魚がないなあ」

と、振り売りの魚屋などはいう。ゴッサンは貧乏すぎて、腐りかけの魚を買わざるをえなかった。荷のなかに新鮮な、つまり値の高い魚ばかりが入っている日だと、振り売りの魚屋はゴッサンの家の前では売り声を遠慮して通った。天子におさめる魚も同様であった。幕末最後の天子である孝明帝は魚とはくさいものであり、酒とはすになりかけの液体だとおもっておられた。

ゴッサンたちはつねに貧乏であり、岩倉具視《ともみ》などは若いころ屋敷を賭場に貸していたし、三条実美《さねとみ》の父実万《さねつむ》はカルタの絵付けの内職をし、町の問屋におさめていた。例が変わるが、日光例幣使《れいへいし》というものがあってこの順番にあたった公卿はこのときだけは息がつけた。

日光例幣使というのは忠臣蔵に出てくる勅使接待のあの正副二人の勅使のことである。これにえらばれると、数年食えるほどの金が入る。たとえば多数の家来が要る。平素、ゴッサンたちは家来など養っていないために、呉服のブローカーや魚屋や大工や金貸しなどがにわか侍になり、あやしげな装束をし、行列を組んで東海道をくだってゆく。

道中の荷物運搬は幕法によって無料だから、これらにわか侍どもはそれぞれ山のような荷物をもってゆく。商品である。織物あり、漆器ありで、それら京の品物は「下りもの」として珍重がられ、江戸では倍か三倍に売れるのである。しかも輸送費は無料だからにわか侍にとっては巨利をえられるのであり、さらにかれらに随行資格をあたえるゴッサン——勅使——たちはその巨利のうわまえを大きくはねることができる。ひどいゴッサンになるとそれだけで満足せず、宿場宿場でわざと馬や乗物から落ち、大げさに痛がり宿場役人の落ち度であるとして金をまきあげ、かせげるだけかせいで道中してゆく。

それらが上方者にとって朝廷というものの絶対の現実であり、臭気と色彩をもったなまの姿であった。しかしながら奥州の僻遠《へきえん》の地では大いに事情がちがうであろう。ここでなるほど勤王思想は萌芽し、成長した。それはあたかも奥州出身の文学者たちが文学の第一義に対して朴直《ぼくちょく》であり、醇乎《じゅんこ》として醇なるものをめざしたと同様、会津藩をはじめ奥州、または奥州に近い水戸で成立していった勤王思想はきわめて知的であり、思想的であり、それだけに純粋すぎ、これを政治手段に使うなどは考えられもせぬほど観念的な結晶度が高すぎた。勤王思想のなかでももっとも純度の高いものは神道であったが、それが会津藩主の家学であるということを考えあわせると、幕末激動期における京の会津藩の内面性がほぼ察せられるであろう。

朴直さ、純粋さ、そしてその二つの要素があるゆえに京都守護職松平容保は他のたれよりも孝明帝からほとんど寵愛《ちょうあい》といっていいほどの信頼をうけた。孝明帝自身も他の歴代天皇からくらべて神道的ファナティシズムがつよく、会津松平家の家学についてよく理解し、その象徴者である松平容保に対し、同教同信の徒としての親近感（いちいち事例をあげればこの親近感の尋常でなさがより鮮明になるのだが、省く）をもっておられたであろう。

黄金を望んで泥を見ず

ところが、薩摩藩や長州藩の指導者たちは、上方的現実としての「朝廷」というものをよく知っていた。むろんかれらを動かしていた情熱の根源のひとつは観念論的勤王思想――水戸学――ではあったが、しかし京都政界での現実のうごきはそういうものとは別個であり、公卿や親王をうごかすのに徹底的に金を用いた。

朝廷の廷臣は薩長の両派にわかれ、それぞれその背後の藩から物的援助を受け、朝廷にあってはその藩の利益を代表し、家庭にあってはその藩のおかげで三百年来の貧窮からまぬがれることができた。幕末、京にあって幕府の対朝廷外交を担当していた一橋慶喜《ひとつばしよしのぶ》はこの現実のあまりないかがわしさに腹を立て、中川宮《なかがわのみや》（のちの久邇宮《くにのみや》朝彦親王）に対し、

「いったい、いかほど薩州からもらっておられる。そのように金でいちいちお心を変えられるなら幕府も考えこれあり。金ならばいくらでも出しましょう。薩州に代わってあすから宮家のご面倒を見ましょう」

と、すさまじいたんかを切っている。

会津藩の京都外交の失敗（ただ一度の成功をのぞいてほとんど連続的な）はこのあたりの消息にあったといえるであろう。会津藩は公卿や親王を抱きこむことをせず、ただその支配下の新選組を用いて市中に潜入してくる浪士を鎮圧し、捕殺し、ひたすらに治安の任に専念するのみであり、さらにおどろくべきことに朝廷のなかでただひとりの会津派公卿（ばくぜんと佐幕系と称すべき公卿は多かったけれども）というものもたなかった。

なんという政治的純朴さであろう。むろん、無能さ、と置きかえてもいいが、この教養水準の高い藩に対してそれはむごすぎる。教養といえば当時会津藩の京都外交を担当していた一人は秋月韋軒《いけん》（悌二郎）であり、その学殖は昌平黌《しょうへいこう》教授でもつとまるほどであったが、薩摩藩の西郷隆盛のもとで他藩との応接役をしていた桐野《きりの》利秋《としあき》（中村半次郎）などは自分の名がやっと書けるほどの文盲であった。が、それだけに現実を没理想的につかみ、現実の泥を泥としてみとめ、決して観念論者のような、それが黄金であるといったふうの知的幻想はもたなかったであろう。この桐野的存在が西国的現実主義の極端な例であるといっていい。

幕末は、その相剋《そうこく》である。

すくなくとも会津藩が、西国の雄藩のために先手々々をとられて行って、ついに思いもよらぬ朝敵の汚名をかぶせられたのは、そういうところに重要な理由があるにちがいない。

松平氏からお礼の電話

とにかく、会津は長恨の土地であろう。太平洋戦争の敗戦ですら戊辰《ぼしん》戦争の敗戦の深刻さにおよばないというこの土地の怨みは、すでにそれを歴史のなかの過去としてわすれてしまっているわれわれの無邪気さをはげしく叱咤《しった》する。

私は先年、松平容保における問題を主題にした百二十枚ばかりの小説「王城の護衛者」というものを書いた。それが「別冊文藝春秋」に掲載されたあと、「農林中金」の横浜支店にいるという方から何度か長距離電話を頂いた。そのつど私が不在で、たしか三度目だったかに在宅し、そのお話をきくことができた。先方はまず、

――私は松平保定《もりさだ》と申します。

と、鄭重に自己紹介された。それを聞き、私はこの名前が松平容保の嫡孫にあたられる名であり、かつ現在の松平旧子爵家の当主であることにすぐ気づいた。

電話の目的は、意外にもお礼であった。祖父容保の立場と心事を維新後はじめて公平に書いてくださったという過褒《かほう》であり、私はどのように返事していいかとっさに言葉が出ず、うろたえてばかりいた。自分の作品についてこのような読まれ方をするのはかかな

らずしも作家にとって天にものぼるような幸福ではなく、しかし存外うれしくなくもなく、ひたすらに当方の応答の姿勢が出来ぬままに電話器の前で要領のえぬ返事ばかりをしていたが、とにかく保定氏は、当家としてはただただお礼を申しあげる、ということであり、

「妃殿下から私方に電話があり、すぐそちらさまへお電話をせよということでありましたので、かように……」

ということであった。妃殿下といわれるのは、むろんこの会津松平家を実家とされる秩父宮《ちちぶのみや》勢津子《せつこ》（節子）妃殿下のことであろう。

「……これはどうも」

と、私は無能な応答をつづけていたが、この瞬間ほど私は会津人の悲傷のなまなましさと深さを、肌に粟粒《あわつぶ》立つほどに感じたことはなかった。たしか節子姫が秩父宮家に輿《こし》入《い》れされたのは昭和のはじめごろであろう。そのころ私はまだ幼かったが、いくつかの記憶がある。「なにも朝敵の家の娘を皇室に入れることはない」という反対意見があった（昭和期になっても！）ことをきいているし、その事実は長じて再確認した。この婚約発表のときの会津若松市の市民の昂奮は他地方の者には想像できぬほどのもので、「三代の恩讐《おんしゅう》がこれで溶けた」とよろこび、町では提灯行列がおこなわれた。

その記憶があるだけに、

「妃殿下からすぐ」

という保定氏の言葉の背景と深刻さを私は感ずることができたし、さらにまた歴史はまだ終わっていなかったのかという驚きで私は狼狽した。

「おわっていませんよ」

と、Ｉさんは旅館の一室で、置きごたつのむこう側からいった。ついでながらこの旅館は私どもがとまっていた宿ではなく、町でひとと話す適当な施設がなかったためにＩさんが案内してくれた。ここで食べた会津特有の柿がひどくうまかった。名をきくと「身知らず柿」だという。身の程知らずにまでなって、そのため枝が折れてしまうというところからついた名だそうである。

おわっていない、という話題について、去年だったか、旧長州藩・現山口県の県庁所在地である山口市の青年会議所から、

「すでに明治百年である。たがいにふるい感情をあらいながし、姉妹都市になろうではないか」

という意味の提案が会津若松市の青年会議所にもたらされた。それに対し会津の青年会議所はにべもなく拒絶した。その青年たちの小気味よさに町中の老人が喝采した。フォークナーにとって生涯南北戦争はおわっていなかったように、われわれ日本人の仲間ではこの会津人だけが人間の節操というものを怨恨という、いわば病的症状のかたちな

がらも、それに変質させてもちつづけているのである。これは歴史の深刻さによるものか、風土によるものか、そのあたりの機微はすぐさまの判断は不可能であるけれども、とにかく事実はそのようである。

うらみはまだ生きている

怨恨は維新前後の痛手によるものだけではないであろう。その後の差別も影響している。会津はここでいちいちあげることができないほどの差別を明治の中央政府からうけた。たとえば福島県が創設されるとき、常識的には大藩の城下町であるこの会津若松市に県庁がおかれるはずであるけれども、ことさらいまの福島におかれた。大正期の政府は第一次大戦後、ずいぶん多くの高等専門学校を各地に設立し、とくに高校（旧制）は大藩の城下町に置き、その文教の遺風をうけつぐという方針をたてたが、会津若松市だけは除外された。

「すべて長州人がそうしている」

と、会津人は信じ、事実、明治初年ではまぎれもなくそうであり、会津人のうらみは理由のないものでは決してない。

「ただし薩摩に対してはちがいます。土佐もいい」

と、Iさんはいった。会津人はどういうものか薩摩人に親しみをもち、鹿児島市とのあいだにはむしろ活潑な交流（教育技術の共同研究会といったふうな）があるという。薩人の性格には戦国時代以来敵を愛するという伝統的思考法があり、かれら薩人は戦いをはじめるときにはどう和睦するかという終末をかならず考えて手を打った。函館の榎《えの》本武揚《もとたけあき》軍を攻めた官軍参謀の黒田清隆の例を思いだすべきであろう。その点、薩長政府のなかでは薩のほうが長とはくらべものにならぬほどにこの革命の犠牲藩に対して寛大であったし、その点での好意がいまだに会津人の心をなごませつづけているのである。

会津人の怨恨は東山温泉の芸者の白虎隊踊りになり、バス・ガイドの説明になり、新築天守閣になり、いまや怨恨もまた観光資源になっているというが、ありあわせのものは根こそぎ観光化しようというのが当節である以上、これは仕方がないであろう。が、この皮肉は会津では通用しない。怨恨はなお現実の病根として生きているのである。が、その怨恨はともかくも、あの会津松平藩という一個の工芸品ともいうべき藩の伝統は、いまの風土のどこに根づいているのであろう。

「根づいてやしませんよ」

と、東京在住の私の友人はいった。残っているのは怨恨だけだ、とこの友人は手きびしくいう。会津の城下は焦土にされた。多くの藩士は死に、藩そのものは維新後、青森県下北半島の斗南《となみ》（むつ市田名部《たなぶ》）に一藩遠流《おんる》のようにしてうつされ、士族六千軒が移った。この友人にいわせれば、「そのとき会津から会津藩は蒸発したのです。あとの町は領内の百姓がつくったものですよ」というが、かならずしも正確ではあるまい。斗南へ移った六千軒のうち二千軒は当地での窮迫にたえかねて会津へもどってきているのである。それやこれやがどのような形で、いまの会津の土壌の成分になっているか、一度や二度の旅行者である私にはとてもわからない。

それに会津人は複雑に屈折した皮肉屋である場合が多く、その皮肉もきわめて嗜虐性《しぎやくせい》に富み、この友人の自虐的なことばを、私のような他風土からきた人間がそのままうけとることはできないであろう。

毒のある諧謔の不思議

会津人の多くは（会津人にかぎらず奥州人の通癖だが）平明な表現ではものをいわない。私が数年前、この町にきたとき、ある有力者に会い、その吐きだす毒気にほとんど頭痛をおこしかけたことがある。たとえばその某氏はある知名の作家を大学の先輩にもっているのだが、単にそれだけのことをいうのに「あの野郎は大した小説も書かねえくせに男ぶりだけはいい」といった調子でいう。

現実のその作家は大した小説を書かないどころか、われわれの昭和期がもったもっともすぐれた作家のひとりなのだが、とにかくそういう調子であり、しかもどうやらそのひとはその作家の作品を読んでもいないような様子なのである。が、言っている当人にすればそれが諧謔《かいぎゃく》のつもりであり、つ、も、りというよりも風土的な諧謔なのかもしれず、この種の風土的諧謔家《ユーモリスト》には会津では前後二回の旅行で何人もに出遭った。となればそういう口ぶりがつまり会津人の固有の文体——話体というべきか——なのかもしれず、言う当人にすればおそらくほめているつもりなのであろう。しかしいわれている人間にとってはたまったものではないであろう。

「会津人の足のひっぱりあい」というのはこの種の独特の諧謔精神から出ているのかもしれないが、どうもこれは他郷人にとってはよほどわかりにくい質のユーモアであるようだ。奥州からすぐれた政治家が出にくいのはこういう毒煙性諧謔精神がかれらを出にくくしているのかもしれないし、また同時に奥州からすぐれた文学者が出るのも、こういう風土とかかわりがあるのかもしれない。

が、それにしてもあの史上の会津藩の印象とこの風土的印象とはどういう関係にあるのであろう。私は今後なお会津にゆくたびにそのことを考えつづけねばならない。

近江商人を創った血の秘密〔滋賀〕

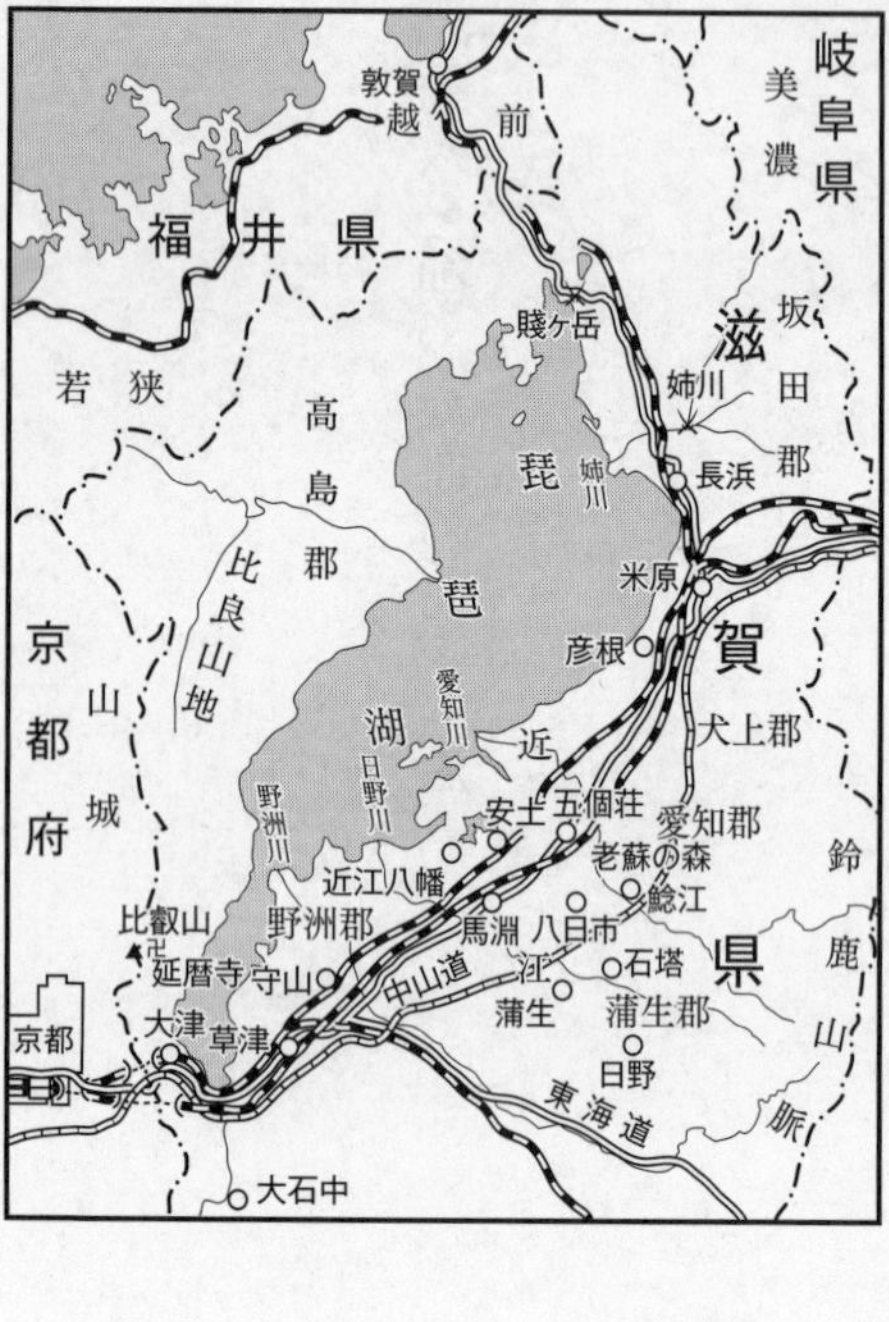

岐阜県
美濃
敦賀
越
前
福井県
賤ヶ岳
滋
坂田郡
姉川
若狭
高島郡
琵
姉川
長浜
米原
比良山地
琶
賀
彦根
京都府
山城
湖
愛知川
近
犬上郡
日野川
野洲川
安土
五個荘
愛知郡
老蘇の森
鈴
近江八幡
愛知川
比叡山
野洲郡
馬淵
八日市
鯰江
延暦寺
守山
中山道
江
石塔
県
鹿
蒲生
蒲生郡
京都
大津
草津
日野
山
東海道
脈
大石中

若いT氏が、わざわざ大阪まで出むいてくれて、拙宅で落ちあった。こんどはぜひ滋賀県にゆこう、というと、

「近江商人のふるさとですね」

と、たちどころに反応した。滋賀県にはそういう意味で、たとえば「武の国薩摩」といったふうのパターンとおなじ先入主が世間にある。江戸時代の地口《じぐち》には、

近江ドロボウに

伊勢コジキ

というひどいのがある。近江も伊勢も、戦国時代から徳川期を通じて京、大坂、江戸の三都の商業界で活躍する有力商人たちのふるさとである。百姓や生産者たちのひがみ根性からみれば、つねに商人は盗賊同然のアザトサにみえるのであろう。中世の西洋で

も、「盗賊の紋章と商人の紋章とはおなじである」といわれた。西洋のばあいも、農民が言いだしたにちがいない。

大阪から名神高速道路にさえ乗れば、一時間もかからずに琵琶湖畔に達する。その車のなかでT氏が、

「近江人というのは、それほど損得利害に敏感なのでしょうか」

と、いった。むろんT氏はごく気軽に、ごく概念でいっている。それだけに、世間の多くのひとも、近江ノ国、江州《ごうしゅう》、滋賀県という地名感覚から、そのような人間風土をばく然と感じているのであろう。

「さあ。……」

と、私は頭のなかを整理しつつ考えた。

こまったことに人間風土の観察というのは、すこし視点をずらせると、まったくべつな風景が展開するのである。たとえば、日本歴史には歴史上の名士として多くの近江人（そういう名士の数の多さでは他県を圧しているであろう）が登場するが、そういう系列をみていると、どうもアキンド的体質もしくは思考法のにおいとはちょっとちがうようなのである。

それらの名前をあげる前に、商人的思考法とはなにかということを簡単に定義しておかねばならない。つまり形而下的思考法というか、右ノ品物ト左ノ品物ハドチラガドレ

ホド大キイ、とか、ドチラガドレホド値ガタカイ、という具体的思考法の世界ということであり、商人的体質とはそういう形而下的な判断によって自分の身動きをきめる割りきった体質といっていい。

さわやかな近江の武将たち

ところがいま思いつくままに戦国期以後の近江人の名前をここにならべると、ずいぶんちがう風土をおもわせる。

浅井長政がいる。戦国期、北近江でざっと三十万石程度の領域をもっていた浅井氏の若い当主であり、織田信長の結婚政略の相手にされた。信長は岐阜から出て京都をおさえようとしたが、途中の回廊として近江がある。この浅井氏と通婚することによってその通路の安全を得ようとし、妹の、高名なお市御料人を長政の嫁にしたのだが、その後、信長が越前の老大国である朝倉氏を攻めることによって情勢が一変した。浅井氏は朝倉氏とふるくから友誼《ゆうぎ》関係でむすばれており、この矛盾に悩んだ。新興の織田勢力の姻戚でありつづけることはきわめて安全度が高く、功利性から考えればそのほうがいいのだが、「朝倉氏からうけた旧来の恩をうらぎることはできない」として織田氏と断交し、数年にわたって織田軍と戦い、ついにほろんだ。長政のそういう気節の高さは、江戸時代の歴史家たちからも好意をもたれている。

気節という点からいえば、豊臣大名のなかでは生っ粋の近江人である蒲生氏郷《がもううじさと》をその代表的人物とすべきであろう。氏郷は、日野の出身である。さらに、石田三成がいる。三成は豊臣期の政治家としてはめずらしいタイプに属する。なにが正義であるかということを考える観念がきわめてつよく（まるで江戸時代の教養人のように）規律好きであり、その規律好きはむしろ病的なほどで、それをひとにも押しつけ、不正があると検断者のような態度で糾弾し、同僚から極端にきらわれた。かれの政敵であった浅野幸長《よしなが》なども、三成の死後、「かれが死んでから、大名たちの殿中での行儀がわるくなった」という意味のことをいっているが、とにかく、利害で離合集散する豊臣期の時代精神のなかにあって、正義とか規律とか遵法《じゅんぽう》とかという、いわば形而上的なものに緊張し昂奮する観念主義者がいたということ自体、きわだったことであるとおもわれる。

ついでながら、関ケ原の前夜、旧豊臣系の、とくに尾張出身者の諸将のほとんどは家康方の勝利を見こし、家康に加担した。三成と同僚であった敦賀《つるが》の城主大谷刑部《ぎようぶ》少輔《しようゆう》吉継（吉隆）はそういう判断力のきわめてするどい人物とされていたが、三成に乞われ、負けを見こして西軍に加担した。友情だけが動機であったことはあきらかであり、かつ、友情という、この明治以後に輸入された西欧くさい道徳が、明治以前の日本史において登場する数少ない実例としてかれの名は記憶されねばならない。

T氏と私は琵琶湖南岸で一泊し、あくる日、湖東平野を中山道ぞいに北にむかった。

車は、残雪をかぶった旧宿場の村々を通過してゆく。途中、日野川をこえてほどなく入った村の交通標識に、馬淵《まぶち》という村名を見て、つい声をあげた。この村名におぼえがあった。

「とめましょうか」

と、運転手がいってくれたが、よく考えてみると、たいしたことでもなかった。馬淵というのは大坂夏ノ陣の大坂方の七将のひとりである木村重成の縁故の地であり、私の記憶ではかれの戦死ののち、その美しい若妻が近江へのがれ、馬淵に隠れたはずであった。重成自身の故郷はおなじ近江でも蒲生郡西村であり、馬淵には縁故者がいたのだろうか。木村重成というのは戦前、国定教科書にのっていたころは知名度の高い名であったが、ちかごろはあまり知られていない。分類すれば、殉節者である。

瀬田川の上流の山間に「大石」という在所がある。土地の者はオイセという。戦国期には大石党として族党武士団がこのあたりに割拠していたが、織豊《しょくほう》の統一期になるとここ出身の者が諸大名につかえた。浅野家に仕えた者の裔《えい》が大石良雄である。大石家の菩提寺《ぼだいじ》もこの村の浄土寺にある。

以上、これら思いつくままにひきだした人物たちから共通項をひきだすと、他県の歴史上の名士たちにはない一種のさわやかさと知的緊張感と形而上的思考に習熟した共通体質を見出すであろう。これと、いわゆる江州商人とはどういうつながりがあるのだろうか。

考えてゆくうえで、かれらが歴史に投影している精神よりも、もっと具体的な、その才質について観察してみたい。

財政コンサルタント・三成

一、二の不明例をのぞけば、かれらはいずれも経済観念と計数に長《た》けた経理家的素質をもっていたことを考えねばならない。

蒲生氏郷は、秀吉によってその故郷の近江日野から伊勢十二万石に転封させられ、松阪の城主になった。このとき氏郷は田園のなかに都市区劃をし、さらにこの新城下を商業都市にするために故郷の近江日野郷から、日野商人をほとんど、根こそぎに移住させた。「伊勢商人」の発祥である。

この誘致された商人のなかには、この機に武士から商人になった者もおり、その最大なるものが三井氏であった。「三井家奉公履歴」という書きものにも三井氏の祖は近江蒲生郡の地侍三井越後守高安であるとされており、これは孫引きだがその文中、「三井越後守高安は江州鯰江《なまずえ》より伊勢に移り、その子三井則兵衛高俊、元和年間松阪に居り、醸酒の業を営む。人呼んで越後殿《どの》の酒屋という。越後屋の屋号、ここに濫觴《らんしょう》す」とある。

ちなみに右の三井高俊の長男俊次が京都に移って呉服屋になり、さらに江戸店をひらいた。その弟の高利が兄の江戸店を管理し、さらに別店をひらき、現金正札主義をとって空前の繁昌をした。

話が、それた。松阪におけるこれらの基礎をつくった蒲生氏郷はのち会津盆地に転封させられたが、氏郷はここでも漆器その他の物産を開発し、奥州における経済政策の最初の根をおろした。

氏郷がすぐれた経済政策家であるとすれば、同郷の石田三成はすぐれた経済技術者であるといえるであろう。かれはかれ自身の創始的技術かどうかはべつとして豊臣家の財政を運営するのに、近代的な——ちょっと信じられないほどのことだが——簿記のようなものを用いているのである。

というのは、薩摩の島津家が秀吉に降伏したとき、三成はその戦後処理官になり島津家と接触をもったが、そのときそういう帳簿のつくりかたや経理技術を島津義久に伝授しているのである。帳簿は米の売却、送金、物品の購入といった大きなものから日用品についての小払帳《こばらいちょう》にいたるまで多種多様にわたっており、それによって島津家の財政を中世的な出し入れ式のものから一挙に豊臣時代という新流通経済時代に適合できるように仕立てあげた。三成は、算木《さんぎ》による計算もたくみであったという。三成が身につけていたそういう経済や商業の実務技術はやはり、かれの出身地である近江というものをのけては考えられぬであろう。近江の商人のあいだにはそういう思想や技術があったはずであり、三成はそれを大名の家政や天下財政の面へもちこんで行ったものにちがいない。もっともそういう技術のもちぬしは三成だけでなく、近江の草津付近の出身である長束《なつか》正家なども豊富にもっていたにちがいない。正家はその財務能力だけで秀吉から大名に抜擢され、五奉行の一人にまですすんだ人物なのである。

こういう連中を輩出した近江というのはよほど特異な地帯であり、商業という点では他の国々とくらべものにならぬほどの先進性をもっているにちがいない。むろん、簿記にかぎっていえば三成や正家がつかっていたのは単式簿記であったであろうが、それから一世紀あまり経ったあと、かれらの故郷の日野で成立した大商家中井家の商法にあっては記帳も複式簿記の水準に達していたそうである。こういう商業的先進性は、いったいどこからうまれたのか。

近江商人の神聖な故郷

それを考えるために、われわれは近江にきている。

われわれの車は、北をめざしている。

「五個荘《ごかしょう》村につれて行ってほしい」

と、私どもは土地の運転手にたのんだ。五個荘村（いまは町だそうだが）というのは江戸時代以来、成功した近江商人のもっとも多く出た村である。私はその外観だけをみたいとおもった。

中山道のあたらしい舗装道路は、老蘇《おいそ》ノ森《もり》を両断してしまっている。それをすぎ、安《あ》土《づち》城址を左に見つつしばらく北にゆき、あてずっぽうの見当で車を降り、小さな部落に入ってみた。どうも家の構えがいぶせくて、それらしいたたずまいではなかった。道をきくために村の店屋でボールペンを買い、たずねてみた。

「この部落も五個荘は五個荘ですがね、あの金持村じゃありませんよ」

と、店番の老婦人は無愛想にいった。「じゃ、金持村のほうは、どこです」ときくと、

「そんなものは知らない」

と、どうも知っていそうな顔つきなのに教えてくれなかった。五つの聚落があつまって五個荘をなしているのに、一つ聚落から江戸時代いらい成功者が簇出《そうしゅつ》しているというのは、他の聚落にとっては愉快なことではないであろう。

国道へ出て、べつなひとにきくと、「それは金堂《こんどう》という聚落《むら》だろう」ということであった。教えられたとおり、観音寺山を正面に見ながら枝道に入り、その聚落に入った。

なるほど、村の中央部に入ると、そのあたりに見るどの家も居館というべき豪壮な構えであり、いくつもの蔵をもち、堅牢なねり塀をめぐらせている。塀と塀のあいだをひろいあるくうちに、なにかの写真で見たおぼえのある一角に出くわした。

「その家はね」

と、通りがかりの七十年配のおばあさんがふりかえって教えてくれた。

「シゲルさんのお家ですよ」

先年、亡くなられた作家の外村《とのむら》繁氏の生家であることがわかった。外村家というのは五個荘でも代表的な名家であるということを、うかつにもその家の前にくるまで思いださなかった。

私は、外村繁氏はその作品を通じてしか知らない。戦前、日本浪漫派に属し、地味な私小説を書き、熱心な親鸞《しんらん》の教徒であり、貨財にはいたって淡泊なあのひとが、私の仄《そく》聞《ぶん》するところでは、帳簿をぱらぱらとめくっただけでその誤りが指摘できたというほどの眼力があったという。どこか、蒲生氏郷や大谷吉継、石田三成に通じる人間風景が感じられはしないか。

「五個荘の丁稚《でっち》学校のあとを見ましたか」

と、この日、大津にもどってから、土地に住む友人の徳永真一氏にきかれた。いや、見なかったです、そんなものがあるのですか、ときくと、「江戸時代にはあったのです」と、徳永氏はいう。このひとは毎日新聞の古い記者で、近江が好きなあまり大津の膳所《ぜぜ》の旧膳所藩の家老屋敷あとに住み、この県の歴史のほとんど生き字引のような存在である。むかしの商業学校というべきものでしょうな、という。

五個荘の商人は京都、大坂、江戸に店をもっているが、それらの店に送りこむ丁稚はかならずこの五個荘にあつめて寄宿舎訓練をし、ひととおりの商業技術やしつけを身につけさせ、しかるのちに配分したという。明治後にそれが発展したのが、近江商人の訓練所として有名だった県立八幡《はちまん》商業なのであろう。

商才は帰化人の血か

話題をかえよう。

帰化人についてである。帰化人ということばが、この県ほど、その県民の商業能力を語るときに重味をもってくる土地はない。

「やはり、帰化人でしょうなあ」

と、徳永さんもいう。「江州人」という、滋賀県に関するいい書物が、昭和三十七年、毎日新聞社編で出た。筆者は向井義朗というひとで、私の学校のころの友人である。やはり近江的商才の帰化人淵源説《えんげんせつ》をとっている。勝手に引用させてもらうと、「……帰化人が多く、文化程度が高く、そして計数観念の極度に発達していた江州人が」といったふうになっている。近江人の「利口な頭」というものが、どこから出てきたか、やはり朝鮮からの帰化人であるというところにもってゆくのがいちばん安定した落ちつきぐあいなのであろう。

しかもこの県人のおもしろさは、「われわれには帰化人の血が濃く伝わっている」ということをむしろよろこばしげにいうことである。むかし（いつごろか不明）帰化人が集中的に居住していたとされる蒲生郡の八日市《ようかいち》の町に、私の友人がいる。その友人がいまから十年ほど前に私を案内して八日市付近を歩き、やがて、

「どうや、おれの頰」

と、その隆起した頰骨をたたいて誇ったことがある。「韓国人にそっくりやろ」というのである。頰骨だけでなく、両眼がつり気味であり、頭骨がひらべったく、後頭部がそぎ立っている。「おれの頭が、帰化人淵源説の証拠物件だ」というのであったが、かといってかれの頭だけをたよりに近江人の淵源のなぞを解いてしまうのは気がすすまなかった。帰化人説をもちこんでくる心情というものは一種のロマンティシズムであるという気持が私にはぬけきれないのである。

菅野《かんの》和太郎氏（自民党代議士）は、かつて旧制彦根高商の教授であった。その時期の著作に「近江商人の研究」という標題のものがあり、大意つぎのように書かれている。

「商人的素質をもつ高麗《こうらい》の帰化人が中部（蒲生郡、坂田郡、愛知《えち》郡、犬上郡、野洲《やす》郡）に移住し、本国の制度にならって市《いち》を開設したが、後に延暦寺《えんりやくじ》（叡山《えいざん》）と結んで市の専売権を確立し、商権を拡張して一大飛躍をとげた。この訓練をうけた住民は、農民、武士よりの転向組を加え、全国の行商行脚《あんぎや》に力をのばした」

滋賀大学教授江頭恒治氏の「江州商人」でもこれに触れ、近江商人が他の土地（江戸、

大坂、京都など）に店を出してもその土地の者をやとわず、いかに遠くても故郷の近江から奉公人をよびよせた、このことは華僑《かきょう》の風習に似ている、という旨のことが書かれている。

しかし、どうだろう。朝鮮人の血は、なるほど近江人のからだに、ことに脳髄に濃く流れているかもしれないが、他の土地の日本人にとっても同様である。北九州人は歴史地理的にその血の飛沫《しぶき》をもっとも濃厚にうけたであろうし、山口県人も同様であり、出《い》雲《ず》をはじめとする裏日本の地帯もそうである。しかし同じような血をうけつつかれらが近江人のような商才や商業的先進性をもたなかったのはどういうわけだろう。

アイヌ・朝鮮・南方種族

関東なども、そうである。上代日本にあっては帰化人は文化のにない手として大いに優遇された。それをききつたえて、奈良朝時代に入っても朝鮮半島から陸続と移住者が集団でやってきたが、もうこの時期になると日本人の文化能力や体制がかたまりはじめていたためにかれらは不要であった。朝廷ではやむなくかれらを、その当時フロンティアであった関東平野に送り、開拓民にした。というより、あとあとになると技術者ではなく能なしの農民がやってきたのかもしれない。年表にみても、持統天皇の朱鳥《あかみとり》四年

「二月、新羅《しらぎ》帰化人を武蔵に置く」とか、聖武天皇の天平十八年「新羅帰化人を武蔵に置く」といったふうの記載事項がさかんに出てくる。上毛《かみつけ》、下毛《しもつけ》といった群馬県付近にもさかんに送られた。

これらの子孫が開墾田を私有しつつ、平安期に入ればあの剽悍《ひょうかん》な、最初の日本人美を形成した坂東《ばんどう》武者になってゆくのである。人間とはまことに妙なものである。おなじ朝鮮からの帰化人が近江に住まわせれば近江商人になり、関東に住まわせれば坂東武者になる。

もっとも血の配合がちがうという点は、注目しなければならないかもしれない。奈良朝のころの関東といえばアメリカ開拓期の西部よりもさらにいっそうに荒蕪《こうぶ》の地帯であった。インディアンの数よりもさらに多くのアイヌが住んでいたであろう。アイヌ人はインディアンと同様、狩猟民族で、農耕ができなかった。農耕ができないというのは適者として生存するには致命的な欠陥である。モンゴル民族が漢民族に戦いにやぶれることはなかったが、それでも塞外へ塞外へと追いやられたのは、蒙古草原をいつのまにか漢民族の農民どもが耕してしまうからであり、耕地が北へ北へとひろがるにつれてモンゴル人どもの遊牧地はそのぶんだけ北へ移動しなければならない。それと同様、アイヌは朝鮮からの移住農民たちの耕地のためにさらに北へ移動した。その間《かん》、当然ながら大規模な混血がおこなわれた。

このため、アイヌ風の剽悍さをもった「東夷《あずまえびす》」が出来あがり、それが武士になってゆく。このわれわれの先祖の一派はその生活が計数を必要としなかったため、そういう文化遺伝が坂東人を支配し、武勇や権力への指向性につよくても商売に弱いという歴史的性格をつくりだしたのかもしれない。

上代や中世の近江人は、その地域性からみてもアイヌ人という強烈な個性的血液をほとんど受けていないか、微量にしか受けていなかったであろう。それに九州人のような南方種族との血液的混合ということもよりすくなく、要するに琵琶湖畔にあっては朝鮮半島からもちこまれた血が、比較的純度高く残りうる可能性があったということはいえるかもしれない。私のおぼろげな記憶では、どこかの大学が測定した日本人の頭型の分布のなかで、滋賀県をふくめた近畿がもっとも朝鮮人的な短頭的特徴を示していたような、そういう記憶がある。

日本歴史のなかで、最初に記録される帰化人の大集団は、新羅の王子といわれる天日《あめのひ》槍《ぼこ》のひきいるそれである。

かれらは裏日本づたいにきて若狭湾に上陸し、途中、さまざまの痕跡《こんせき》を後世にのこしつつ南下した。古代日本における最大の事件のひとつであろう。

地方史の名著とされる「滋賀県史」全六巻の冒頭にもこのことがやや感動的に触れら

れている。ただし近江には一部が定住しただけで、総帥《そうすい》の天日槍そのものは、残念ながら但馬《たじま》に行ってしまう。

(但馬などにゆかず、天日槍が一族総ぐるみで近江に定住していてくれれば、この推論も落ちつくのだが)

と、私は近江路を歩きながらおもった。おもいながら、石塔寺のながい石段をのぼった。石塔寺は、八日市から南へ四キロ、蒲生郡の丘陵地帯にある古刹《こさつ》である。が、大きな寺ではない。

〝異国の丘〟に石塔は立つ

「石塔寺にゆけば、近江がわかる」

というのが、「上代以来、近江に住んでいる」という草津在の友人我孫子《あびこ》元治氏の説であった。どうわかるのか、このながい石段をのぼりつめてみねばならない。途中で、なんどか息がきれた。たまたま石段のふもとに矢竹の杖がおいてあったのでそれを借用して一段ずつついてのぼっているのだが、つらかった。のぼりつめれば頂上に伽藍《がらん》かなにかあるのですか、と同行のひとにきくと、

「いいえ、建物はいっさいありません」

ただ不可思議な石造の巨塔が一基、天にむかって立っているだけだという。

最後の石段をのぼりきったとき、眼前にひろがった風景のあやしさについては、私は生涯わすれることができないだろう。

頂上は、三百坪ほどの平坦地である。まわりにも松がはえている。その中央に基座をおいてぬっと立っている巨石の構造物は、三重の塔であるとはいえ、塔などというものではなく、朝鮮人そのものの抽象化された姿がそこに立っているようである。朝鮮風のカンムリをかぶり、面長扁平の相貌を天に曝《さら》しつつ白い麻の上衣を着、白い麻の朝鮮袴をはいた背の高い五十男が、凝然としてこの異国の丘に立っているようである。

「なんのためにこんな山の上にこんな塔があるのだろう」

と、同行のたれかが気味わるそうにつぶやいたが、これはこの方面のどういう専門家にも答えられぬことであった。巨石の積みあげによる構造上の技法は、あきらかに古代朝鮮のものだそうである。

――この近所の帰化人がやったことです。

と、たまたま頂上にのぼってきたこの寺のお坊さんがいった。この丘の付近は、八日市にしろ日野にしろ、上代帰化人の大聚落のあったところである。かれらが、故郷をなつかしむあまり、この山の上にこのような巨石をひきあげ（どういう工夫でひきあげたか、謎である）、それをどういう技法かで積みあげ、いかにも擬人的な石塔を組みあげて半島をしのぶよすがにしたのであろう。

「石材も、百済《くだら》か新羅のものですか」

と、お坊さんにきいてみた。そうだとすれば、はるばると半島からこれだけの巨石を運んでくるというのは、秀吉の大坂城の巨石運搬のなぞよりもさらに大きい。お坊さんによると、たしかに外来のものだと信じられていたそうである。しかし最近になって石だけは近江のこのあたりの地場のものだということがわかったらしい。ただし工法や構造、造形的な嗜好は、むろん朝鮮のものである。よほど古いころに出来あがったらしいが、いつごろ、たれがこれを作ったか、むろんわからない。(なるほど、近江はいわれるように帰化人のものだったのだ)ということを、理屈をこえてこの塔は訴えてくるし、理屈以上の迫力をもってこの塔は証明しているようである。

この奇妙な塔があるためにこのあたりの地名は「石塔」というし、またこの塔があるというのでいつのほどか、それを護持するための小さな寺がその山麓にできた。寺はつけたしである。塔が主人である。塔は近江をひらき日本に商業をもちこんだ近江帰化人の一大記念碑であるがごとくであり、帰化人たちの居住区宣言《テリトリーソング》であるような気もする。

華僑に似た風習がある

あと、湖西のほうをすこしまわった。堅田の湖港を見たり、浮御堂に詣ったり、琵琶湖大橋をわたったりしたが、車のなかでもあの石塔が網膜からはなれず、そのことばかり考えていた。

唐突《とうとつ》にいうが、日本人がその居住地を離れて遠くへ移動することがさほどの苦痛でなくなったのは、豊臣政権の成立からであり、それ以前はうまれて生《は》えたその地帯に日本人どもは動くことがなかった。そういう上代、中世にあって、国から国へと行商してあるいたのは近江人であり、そういうことが近江人だけの習慣になっていたというのは、やはり菅野氏のいうように、「商人的素質をもつ高麗の帰化人」であるがためかもしれない。

「運転手さんは、滋賀県ですか」

と、同行のT氏がきいた。はい、左様でございます、と中年以上のどの滋賀県人もたいていそうであるようによく躾《しつけ》られた上品な敬語でこたえた、「高島郡でございます」、という。高島郡というのは湖西のほうの山岳地帯である。デパートの高島屋の名称はこの高島郡からとられている。

大正期、大阪で成功した近江商人の富商たちは、阪神間の芦屋をひらいてそこをあたらしい居住地にした。その芦屋の近江人というのは上女中はかならず近江の高島郡からよんだ。高島郡の女性は聡《さと》いし、上品だし、律義だという。嫁に行ってからも縁は切れず、主家はよく面倒をみてくれる。

「わたくしの姉も、若いころ芦屋に奉公にあがっておりました」

と、運転手さんはいった。芦屋の近江人たちは上女中はかならず近江からよぶが、ところが水仕事をする下女中は播州《ばんしゅう》（兵庫県）の田舎からよぶ。播州こそいい面の皮だが、これが近江人の近江至上主義であり、近江共栄主義であり、江頭教授のいうところの「華僑の風習に似ている」ところであろう。

戦前、大阪や東京の近江系の繊維会社は、かならず故郷の県立八幡商業の卒業生を採った。「八商は他の商業学校の卒業生とははじめから商人として出来がちがう」といわれた。しかしちかごろは日本平均化の共通現象の例外ではなく、在校生にそれほどの特色はみられないという。ただ、旧制彦根高商はいまは滋賀大学経済学部になっているが、「どうしてもあの学校の卒業生を」といって採用したがる会社が依然として多いという。

後退した商業主義の精神

しかしながら、上代以来、日本の商業界でその特異性を誇った近江と江州商人も、全般として過去のものになっている。繊維業界や商社の一般的後退ということもあるであろう。それよりも大きいのは、近江商人の機敏さや倹約哲学や世界観では、十九世紀までの商業主義には生きられても、二十世紀の産業主義には不向きであるということであろう。

商業資本がえらいか、産業資本がえらいか、ということものような議論をすこしここ

だそうである。たしかに異質である。両者は本質的に異質なものだといったのは、ウェーバーで考えてみなければならない。両者は本質的に異質なものだといったのは、ウェーバー

したり、機械組織を変えて生産量を変動させたりする能力は、最終的には利潤追求であ

りながら、モトの発想はきわめて非商人的である。

一つの機械を発明するのに数十年かかるかもしれず、この間の金利計算や仕込みの計算をしているような精神や能力ではそういう根気仕事——ときには無意味にみえるような努力——はできないのである。世界中にちらばっている華僑が、ついには金利計算者である域を脱せず、産業資本家になりえていないのはその好例であろう。

江州商人的精神も、華僑に似た運命をたどっている。明治以後の日本の産業資本をになったひとびとは近江から出ず、他の封建分国から出たし、戦後の産業界の覇者たちも近江からは出なかった。しかしながら、近江人が、歴史あってこのかた、日本の経済と政治と精神史のなかにはたしてきたかがやかしい足跡は、いかにその精神がいま休止期に入ったとはいえ、その評価をいささかでも過小にすべきではない。もしそうすれば、神《かみ》蒲生郡の山上に古寂《ふるさ》びて立つ、かれらの呪術がこめられているようなあの大石塔が、怒《いか》りにいかるような気がするのである。

体制の中の反骨精神〔佐賀〕

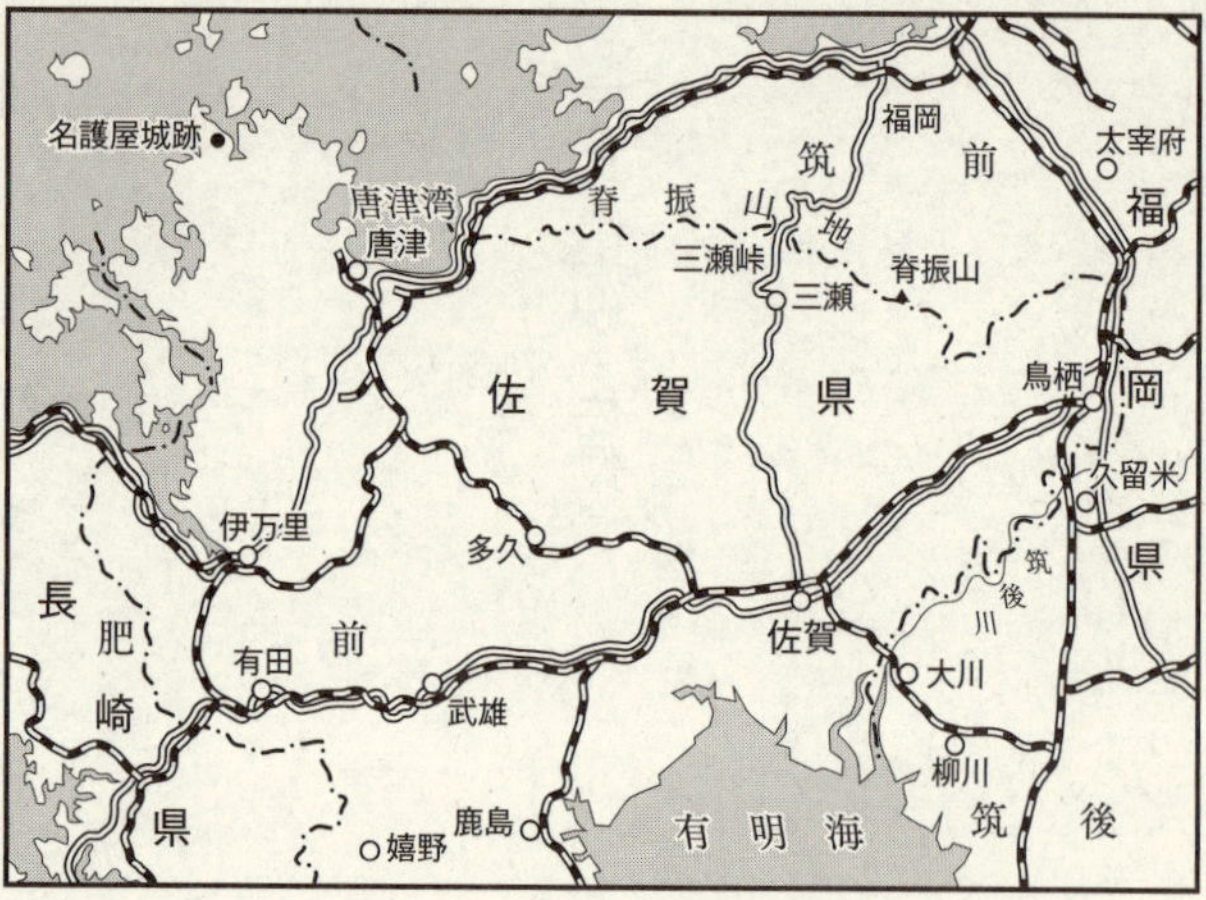
名護屋城跡
唐津湾
唐津
脊振山地
福岡
筑前
太宰府
福岡県
三瀬峠
三瀬
脊振山
佐賀県
鳥栖
久留米
伊万里
多久
筑後川
長崎県
肥前
有田
佐賀
大川
武雄
柳川
鹿島
嬉野
有明海
筑後

土佐、会津、近江、といったふうに書いてきた。そのいずれの土地も傾斜をもっている。

気質が歴史と風土に彫琢《ちょうたく》され、なにがしかの傾斜を帯びた土地を、この稿を書くにあたって筆者は好んでいる。その傾斜も単なる傾斜でなく、その傾斜あるがゆえに日本歴史の骨髄に突きささってしまったような土地をえらびたい。

「つぎは、やはり肥前佐賀でしょうね」

と、前回の帰路、同行のTさんはいった。たれしもが感じている傾斜の国である。

「葉隠《はがくれ》の佐賀ですからね」

と、Tさんはいう。葉隠という、この奇妙な処世哲学については私はまったく無理解で、どちらかといえばそういうものを通して佐賀を理解したくないという気持がつねにある。武士道とは死ぬことと見つけたり、というあの蓄膿症じみた教訓哲学だけで佐賀人が幕末の日本歴史に参加したとはおもえず、またあのような極端な郎党根性（ことばでないが過ぎるか）だけでは、この国の歴史に果たした佐賀人の巨《おお》きさはとうてい出てこないであろう。とにかくもわれわれは出かけることにした。

「佐賀にはなんにもなか」

西南の地は、暖かいはずである。ところがわれわれが福岡郊外の飛行場についた日は、私にとっては息を吸うのも痛いほどに寒かった。しかしTさんは、別であった。奥州うまれのTさんは九州は暖かかるべきであるという先入観念がよほどつよいらしく、「やはり九州は大したものですね、暖かいですね」と、この寒空にコートすら脱ぎ、大股で飛行場を横切って行った。そういわれてみると私もそういう感じがし、多少内心が混乱した。旅行者の印象というもののむずかしさはそういうところであろう。見あげると、雲はよほど低いようであったが、早春の空としてはまずまずのところであったし、われわれの旅行は多分天候にめぐまれるだろうとおもった。ところがこの翌日、九州方面は三十余年ぶりという気象台さえ予測しえなかった大雪に見舞われるのである。まったく人間というものは、一寸さきもわからずに生きている。

われわれは空港前から、タクシーに乗った。車が走りだしてから「どこへゆきますか」と運転手にきかれた。むろん、佐賀へゆく。ゆくについては最初、国鉄博多駅から電車で佐賀に入ることばかりを考えていたのだが、ふと、フロント・ガラスいっぱいに見える脊振山《せふりさん》山系を見たとき、気が変わった。あの山系を南に越えれば肥前佐賀である。私の地理知識では、三瀬峠《みつぜとうげ》という峠がある。旧藩時代からのふるい山越え道であり、佐賀藩の関所があったところである。しかしタクシーはいやがるだろう。車体の腹をすりかねない悪路であるはずだった。「そう、道は悪かです。博多のタクシーはふつう鳥栖《とす》を経て佐賀へ入ります。これは幹線ですたい」と運転手はいった。「しかし」と、言葉をひるがえした。

「よかです。道は悪くともそのほうが面白か。ゆきましょう」

と、アフリカへでも探険にゆくような意気ごみでハンドルをいそがしく切りはじめた。私は戦時中、九州人の連隊にいたから知っているが、そのあたりが九州人であった。九州人というのは、道が悪いがしかしゆく、というそういうあたりで昂揚し、自己を飛躍させる。そういう陽気な九州人の行動性が、何度か歴史をうごかした。

日本歴史は、いのち知らずの東夷《あずまえびす》と、昂揚すればどこまでもゆく九州男子のあいだにくりかえされた権力争奪の歴史であるとさえいえる。神話では九州からきた勢力が大和を制した。くだって源頼朝が東夷の勢力圏を基盤に政権をたて、足利尊氏《たかうじ》は中央でやぶれたあと、身ひとつで九州にのがれ、やがて九州武士をひきいて天下の権をにぎった。徳川家康は関東に本拠をさだめて日本を制し、明治維新は九州南端の薩摩藩によってうちたてられた。その点、私の住む上方《かみがた》などはかれら権力争奪の選手たちのための貸座敷のようなものであろう。

やがて、福岡の市街が遠くなり、山ふところにさしかかったが、このあたりから峠までの十キロほどのあいだ、一台の車ともすれちがわなかった。道はおもったよりわるくなく、むしろ世田谷区あたりの枝道よりも上等なほどだったが、それでも運転手は三瀬峠を越えるという自分の行動目標の壮烈さに多少とも酔ってくれており、終始上機嫌だった。「しかしお客さん」と、かれはいった。なんの用があって佐賀市へゆくのです、と陽気な博多弁——多少長崎弁のまじった——ことばでたずねるのである。商用ですか？　それとも官庁の用ですか？　ばってんわざわざ行くような用が佐賀市にあるかなあ……という。そのことばの裏には、「佐賀市などに用があるはずがない。遠路はるばるゆかねばならぬような用が佐賀という町にはあるのだろうか」という意味がふくめられている。

奇妙なことにこのおなじ質問を佐賀についてからも、宿の女中さんからしつこくきかれた。「佐賀にゃなんにもなかとですよ」と、かれらは口をそろえていう。「町じゅうで煙を吐いている煙突といえば、風呂屋の煙突か暖房の煙突だけですもんね。なあんにもなか」という。言うものかな。往年三十五万七千石の雄藩の威風はどこへ行ったのであろう。

雄藩というだけではない。三百諸侯に比類のない洋式陸海軍を整備し、新式火砲を自藩製でつくれるぐらいの工業力をもって薩長にも幕府にもおそれられた佐賀藩鍋島家の城下町はいまは、「なんにもなか」であるという。購買力はありまっせん、という。これには閉口した。運転手さんはわれわれを無能なセールスマンたちと見ているらしかった。

汚職絶無という潔癖さ

車は、三瀬峠への急坂にさしかかっている。

「佐賀ンもんの歩いたあとは草もはえん、といいますなあ」

と、この中年の運転手はいった。九州ではそういうことを、私は早くからきいている。佐賀に入ってからも、当の佐賀人からふんだんにこのことばをきかされたが、しかしこれほど根拠のつかめないことばもない。おなじ他県人へのわるくちフレーズでも「近江ドロボウ、伊勢コジキ」ということばには他国人が近江人や伊勢人に対して感ずる恐怖感がこめられている。近江人や伊勢人に商売をさせたらどういう手でやってくるかわからないという警戒心がこういう悪口を生んだのだろうと思われるが、しかし佐賀人は九州人のなかでもっとも商売下手で、商業上の成功者がすくなく、博多あたりでかれらが商売がたきとしておそれられているという事例はまったくないといっていい。草もはえぬというのがゼニカネについてのえげつなさとすれば、これまた佐賀人にとっておよそ見当ちがいであり、気の毒きわまりないことなのである。ここで佐賀人の「傾斜」について考えねばならない。その傾斜のひとつに極端な潔癖さということがあり、たとえばこの県にあっては汚職がないということで全国にきわだっている。汚職絶無という県が、全国のどこにあろうか。そういう潔癖ずきの例として佐賀人が好む事例は、東京地裁判事山口良忠氏のばあいであろう。

終戦直後、日本中が闇商品や闇米をめぐってそれこそ生死《いきしに》のさわぎをしていたとき、この佐賀出身の判事は「人を裁く側に立つ者が、どうして闇米を買えよう」と家人に言いつづけ、配給食以外は絶対に摂らず、ついに齢三十四歳、昭和二十二年の秋、餓死した。官吏としてこれほど英雄的な死はなく、潔癖さもここまで悲痛の境にいたればもはや宗教的ですらある。

このあたりが、佐賀人のもっとも好む佐賀かたぎであり、いまなおその死は県内で語り継がれている。こういうことと草もはえぬということとどうつながるのであろう。

「私ゃ思いますがね」

と、学のある運転手はハンドルから右手をはなし、「なんちゅうても佐賀平野はこう、広かですばい」と手で大きく円をえがいた。そういう広い平野で百姓をした者ならたれでもわかることだが、堆肥にする草や、煮たきをする柴、薪に不足している。このため、川に流れている木片でもひろって燃料として貯えねばならないし、道ばたにすこしでも草がはえておればあわてて抜きとり、それを持ち帰って堆肥の足しにしようとする。

また外出さきで尿意をもよおすこともあるであろう。そのときも外出さきの便所ではせず、あわてて駈けもどって自宅で放尿し、壺にたくわえこむ。山村百姓とちがい、そういう心掛けがなければ平野百姓はとうていつとまらぬものだが、「佐賀ンもんはそういう平野百姓でしょう。それで草もはえん、といわれたにちがいなかとですよ」といった。そういわれてみるとそうであり、なかなか説得力をもった解説であった。

車は、ついに三瀬峠をのぼりきった。降りて放尿をしようとおもったが、佐賀平野に降りてからにしたほうがよいかもしれないとおもった。しかしいまは化学肥料の時代でもあり、そこまで厳密な気持になることはあるまいとおもいなおし、車をおりた。がけぶちに立つと、意外にも目の前の谷ぶところに粉雪が舞っていた。足もとに雪が湧きたっている感じである。

とくにきびしい藩鎖国

「あれは、たしかに雪ですね」

と、念を入れたくなるほど、この谷だけで粉雪があそんでいるような、そういう童話的な風景だった。「ええ、この脊振山のあたりはすぐ雪がふります。しかし里へ降りると降っていません」と、運転手が答えた。とにかく、ここは三瀬の関所である。

その有名な関所はどのあたりにあったのであろう。私は谷をのぞいたり、峰を見あげたりしてみたが、それらしい趾《あと》は見つからなかった。なににしても私は関所について語らねばならない。関所というものが佐賀藩ほど重要であった藩はすくないであろうし、関所ほどこの藩の性格を象徴しているものはなかったとさえいえるからである。この藩は、

「二重鎖国」

といわれていた。江戸時代を通じてのことである。

いうまでもなく江戸体制では日本ぜんたいが鎖国であったが、その日本のなかにあって薩摩藩と佐賀藩だけが藩鎖国というものを布《し》き、ことに佐賀藩のばあいは、藩内の者が他国へ旅行することを禁ずるという点できわめてうるさかった。もともとの理由は、百姓の逃散《ちようさん》をふせぐところにあった。労働力が他へ流出することをきらったための禁法だが、幕末になってくると、そういう経済的な理由よりもむしろ政治的な理由のほうが重くなってくる。藩士が志士化して脱藩することをこの藩ほどきらった藩はなかった。そのことは、紙数に余裕があればあとで触れる。

とにかく、二重鎖国である。この奇妙な藩法については江戸中期の旅行記に「佐賀侯の御家法にて、この国にうまれては他国に出づることも自由ならず」とある。もっともわずかに例外が設けられている。僧侶は京の本山にゆかねばならず、また医術書生は上

方や江戸、長崎へ出かけて医術を学ばねばならず、学問の書生も江戸、京にゆかねばならないが、そういう特別な場合も「お定めの年限《としかぎり》ありてもし遅滞して帰国すべき年に帰らず、年限過ぐれば罪せらるる法なり」とあり、「他国にはなき制度なり」と書かれている。

さらにこの筆者は佐賀藩のこういう閉鎖性に悪意をもっているらしく、「そもそも法というものは天下に通用する法であるべきである。であるのにこの法は鍋島家の勝手作りの法で、おかしなものだ」と、ひとごとながら憤慨している。

その鎖藩のために藩境のあちこちに厳重な関所が設けられていたが、ことに筑前黒田藩領（福岡県）への最短距離であるこの三瀬峠の関所が厳重であった。

さて、車は急坂をおりはじめている。北山《ほくざん》ダムのあたりで降雪は雨にかわり、やがてその雨さえも山麓にくだりついたころにはやんでしまった。われわれは雪のことをわすれた。が、翌日になってそのことを痛いほどに思い知らされねばならなかった。

われわれがとった宿は、市外の山峡にあり、宿の前が渓流になっている。土地では川上峡といわれている。「決して京の嵐山に劣らんです。これだけの景色が天下に知られんというのは、佐賀ンもんは宣伝下手ですなた」と土地のひとはいうようだが、なるほどどしいていえば風景に物欲しさがないだけ嵐山よりすぐれている。しかし嵐山のように王朝以来千年かかってみがきあげたような照りはなさそうで、やはり鄙《ひな》の粗笨《そほん》さが身上といった景色かもしれない。渓流をへだててむかいに大きな森がある。この森に、延喜《えんぎ》式《しき》による古社である淀姫神社が鎮まっている。森には、楠の老樹がめだっていた。楠といえば佐賀県にはこの樹が多く、佐賀市などは町そのものが楠でおおわれているといってよく、晴れた日など、葉が皮革質の光沢にかがやくこの常緑樹が、これほど似あう風景の図もめずらしいであろう。

「葉隠というのは、楠の葉隠でしょうか」

と、Tさんが、めずらしそうに楠がつくる風景をながめていた。Tさんの国では楠がそだちにくく、くろぐろとした杉が風景の色彩を特徴づけているから、葉の一枚々々が陽光を返しているこの楠をみると、いかにも西南の地にきたという感じがするのであろう。しかし楠の色調がかもす軽やかさ、あかるさにくらべて、佐賀藩三十五万七千石の藩体制というのはどうにもならぬほどに重厚である。この藩の武士も百姓も二重鎖国という鉄の桶《おけ》のなかに入れられていたようなものであり、そういう特異な環境が、さまざまの要因とからみあって佐賀人のもつ特有の傾斜がうみだされたのかもしれない。

先覚的藩主の大構想

幕末における佐賀藩は、われわれがいまふりかえっても、奇蹟の藩というほかない。ペリーのひきいるアメリカ東インド艦隊が浦賀に来航して江戸城に圧迫をくわえ、幕吏を巨砲でおどしつけて開港をせまったのは、一八五三年嘉永六年である。

この年が日本史上もっとも重要な年になるのは、米国の一海軍大佐の恫喝《どうかつ》が世間をさわがしたという外交事件よりも、欧米を勃興《ぼっこう》させた産業革命という世界史的な大波が、こういうかたちで日本史に交叉したからであろう。と同時にこの年から尊王攘夷の国民運動がもりあがり、いわゆる幕末の争乱がスタートし、ついにはその動乱が革命を生むにいたるからである。ところがこの「産業革命」が偉容を見せた嘉永六年、佐賀藩の指揮者である鍋島閑叟《かんそう》という先覚的藩主は、他の日本人ほどにはおどろかなかった。なぜならばかれはすでにこの前年において「精煉方」を創設し、藩そのものを「産業革命化」することに発足していたのである。

精煉方の方は、部局と理解していい。その第一次的性格でいえば理化研究所というべきものであり、やがては工業所といったものに発展してゆく。かれは藩の内外の洋学者をあつめてこの機関を発足させ、この機関を中心に、佐賀三十五万七千石をヨーロッパ風の産業国家にきりかえようとした。三百諸侯が大名行列を組んでのびやかに東海道を上下しているころである。われわれがもし閑叟と同時代に生きていれば、かれの構想は狂人の妄想としかおもえなかったであろう。しかしかれは狂人でなく天才であった証拠に、つぎつぎにそれを実現させて行ったことであった。しかも他の後進国がやるような、また幕府がのちにやったような、「外国人顧問」というものをひとりも持たずにである。

すべては日本人の手でおこなわれた。

精煉方は反射炉を作って自力で製鉄し、その鉄で洋式鉄砲を製造し、さらにその保有する工作機械をもって他の機械や部品をつくり、一方化学工場では火薬を製造し、また別部門でもってガラス、陶磁器、油脂、皮革をつくり、さらに別部門でもって紡績、製紙、印刷、醸造、精糖をはじめた。また汽車をつくろうとした。ただし本物はつくらず、実物の何十分ノ一かの小さなものをつくった。その汽車は精煉方製のアルコールをもってレールの上をみごとに走った。

工業佐賀藩の最大の傑作は、藩内の三重津に精煉方所轄の造船所をつくり、ここで国産の蒸気船をつくりあげたことであろう。木造外輪船で、長さ十八メートルの船体に十馬力の国産蒸気機関を入れた。船名を凌風丸と名づけた。この驚嘆すべき産業力に幕府は着目し、幕府が外国から買い入れる艦船の修理については一部を佐賀藩にまかせたほどであり、そういうことどもを総合すれば、この時期、佐賀藩はスエズ以東におけるもっとも先取的な国家（藩を公国とすれば）といえるであろう。大船の場合は当然ながら輸入した。幕末の一時期にあっては電流丸、飛雲丸、孟春丸、観光丸（幕府からの借用船）といった艦船をもち、その海軍力は幕府のつぎに位置した。さらにヨーロッパの新式砲を研究し、それらをつぎつぎに自藩で製造し、ついにはイギリス陸軍でさえまだ制式砲として採用していなかったアームストロング砲をすら自藩でつくった。またすべてが国産でなかったにせよ、この藩が長崎砲台（長崎警備はこの藩の責任になっていた）にならべた大砲の数は大小あわせて千門以上というほどにまでなっていた。

そういう佐賀藩精煉方で中心になって働いた洋学者や技師のなかに、田中近江・同儀右衛門という父子がいた。近江は「機械《からくり》近江」といわれたほどに機械にあかるく、その近江のべつの子（名は失念した）が明治後佐賀から東京に出、芝浦で田中製造所というものをはじめた。それが芝浦製作所の前身である。ちょうど坂本竜馬の海援隊の一部門が三菱会社として変身発展をとげたよりももっと直接的な筋目で、佐賀藩の産業力の血脈はこんにちまでつづいているといえるだろう。それが、「佐賀にゃなにもなか」というこの土地の百年前のすがたなのである。

悲壮な学業鍛練主義

佐賀人の勉学好き、といわれる。好きなどといった悠長なものでなく、異常な熱っぽさがこの県のひとびとを幕末から昭和期にかけて駆りたててきた。

佐賀県立図書館の福岡博氏が文部省資料のなかからかつてみつけられた古い統計表によると、文部省直轄学校（国立の大学や高専）在学生の出身県別表というのがあり、それによれば大正十二年度は佐賀県が全国第一である。入学試験のむずかしい学校に入る率が全国第一ということなのである。第二位はいわゆる長州の山口県であった。昭和二年度も最高、昭和三年度も最高である。以後については資料がないからよくわからない。ただこの統計から陸海軍省直轄学校（陸軍士官学校、海軍兵学校など）の数字が省かれていることを注目しなければならない。佐賀県の第一級の秀才はそれらの軍学校に進むというのが伝統であったから、もしそれらをふくめればさらに抜群な数字になるであろう。

そういうこの県のきわだった傾斜をつくりあげたのは、やはり鍋島閑叟であり、閑叟が独裁した幕末の佐賀藩というほかない。閑叟は、理化学および工業を興して佐賀藩をヨーロッパなみの産業国家につくりかえようとしたが、なにぶんこれは魔法でもつかわぬかぎり困難であり、もしやろうとすれば藩士に血みどろな勉学を強いねばならなかった。かれはみごとにそれを——多分に教育恐怖政治といってよかったが——やってのけた。

ついでながらこの当時、閑叟の佐賀藩は他の藩とはくらべものにならぬほどの近代的な教育行政と機関をもっていた。この仕組については、当時の佐賀藩の若い藩士であった大隈重信《おおくましげのぶ》の談話速記（「大隈伯昔日譚」）の一部を借りると、

余が郷里たる佐賀藩には弘道館という一大藩黌《はんこう》があって、その生徒を内生・外生の二校舎にわかち、いまの小中学のごとく一定の課程を設けて厳重にこれを督責し

た。藩士の子弟にして六七歳になればみな外生として小学に入らしめ、十六七歳に至れば中学に進んで内生となり、二十五六歳に至って卒業せしめる制度である。もしその適齢になってもなお学業を成就することができない者は、その罰として家禄十分ノ八を控除し、かつ藩人になることをゆるさぬ法であった。

これほどすさまじい制度はおそらく世界にもないであろう。落第生に対しては先祖以来の家禄の八割を召しあげてしまうというのである。さらに藩の役職にもつけぬというのである。ふつう、幕末当時の武士の生活というのはただでさえ窮迫している。家禄というのは家に付いた固定給のようなもので、その程度ではとうてい生活できるものではなく、そのためたれしもがあらそって藩の役につこうとした。役につけば役料がもらえるわけであり、それによってようやく衣食できるのである。そういう事情であるのにその家禄の八割も奪い、役につけさせぬとあれば一家餓死せよというにひとしい。

それがたかが落第生に対する罰（嘉永三年施行の課業法）であり、これから推してもこの藩がいかに一藩を欧米水準にひきあげようとすることに狂気の熱情をもっていたかがわかるであろう（この道は結局、明治後の日本そのものがたどる道なのだが、それがはるかに高い濃度でこの先進藩において濃縮化されていることを考えねばならない。ちなみに大隈重信は、外生課程を経て蘭学寮という洋学コースをとった）。

こういうきちがいじみた、というより佐賀藩の立場からいえば悲壮きわまりない学業鍛練主義は、ついにそれらの秀才のなかから発狂者をさえ出した。前記機械《からくり》近江の子の儀右衛門はその発狂者のために殺されている。いま「悲壮きわまりない」と書いたが、この閑叟のすさまじい鞭撻《べんたつ》は一藩の利害から出たものではなくその強烈な日本防衛意識から出たものであり、その点で悲壮であるというのである。なぜならば佐賀藩は幕府の初期以来長崎警備を幕府から委任されており、それが、幕末における欧米列強の日本圧迫の時期において任務が重大化し、長崎砲台を近代要塞化せざるをえなくなり、近代要塞化するためには藩そのものを近代化せざるを得ず、それやこれやで佐賀藩がになわされてしまっている日本的使命のなかからこういう結果が出てきているのである。

当時、日本のいわゆる三百諸藩というのはねむっているのも同然であった。薩長土の志士は京で政論をたたかわせ、その他の諸藩の藩主も藩士も江戸泰平のころの延長で茶のみばなしにあけくれし、大坂の町人は商利の追求のみに日夜をすごし、諸国の百姓は上古以来のすがたで土を掘りかえしていたときに、ひとり佐賀藩のみが覚醒し藩士の子弟たちは発狂者が出るほどに勉強させられ、領内の百姓は艦隊や千門以上の火砲をつくるための重税にあえぎつつ草もはえぬといわれるほどの苛烈な労働生活を強いられていた。明治の日本は、こういう佐賀人の血汗の上に多くの基礎を置いていることを想うべきであろう。

軍人、司法官が多い

私の旅行は、まだ佐賀市に入っていない。とにかく宿に荷物を置くと、すぐ雨のなかを町にむかった。私の目的は、ほんのわずかな質問を、佐賀史にあかるいひとに発してみるだけのことであった。かといって、この町に私はひとりの知人ももたず、行きあたりばったりでゆくしか仕方がなかった。

とにかく県立図書館に入ったのだが、その閲覧室で出会ったひとが、幸運にも同館司書の福岡博氏で、佐賀史や地誌を研究しておられる地道な学究であり、たとえ他に紹介をもとめても結局はこのひとのもとに来ねばならぬというそういう存在であった。私は、福岡氏を館内の食堂にひっぱりこんでお話をうかがった。要するに佐賀の傾斜が右の教育であるとすればまだそういう余熱が残っているか、ということであった。

「さあ、それが」

と、ぶあつい近眼鏡を伏せ、「さあその点が」とくりかえし、「その点でもただの三等県になりはてております」といわれた。そのあと書庫からたくさんの資料を出してきてみせてくださった。「戦後はもうだめですね。県に財力がないため教育予算額は全国でも最下等にちかいです。われわれはせめて」と資料を繰りながら「山口県なみに予算をひきあげてもらいたいとねがっているのですが」といわれた。山口県というのは、むろん長州である。「幕末から明治にかけて薩長土肥といわれてあれほど多くの才幹を中央に出した肥前佐賀としては、どうも、こういう現態で」と、卓上の資料を説明された。やがて他の話題になった。

「妙なことがあります」

と、福岡さんはいう。佐賀人というのは軍人になる者が多かったというのは周知のことだが、他の分野に行った者でめだって多いのは司法官であるという。福岡さんは、池田寅二郎、木村美郎、田中耕太郎、飯守重任《いいもりしげとう》といった名前をあげた。

そういえば明治日本の司法の基礎をさだめたのは佐賀藩出身の江藤新平であり、江藤はのち佐賀ノ乱をおこし、自分のさだめた刑法によって死ぬ。「その他の分野でも奇妙に多いのは会計検査院です」という。

たとえば元会計検査院長の山田義見氏も佐賀人であり、現在の佐賀県知事の池田直氏もかつては会計検査院事務総長であった。汚職をきらい、いささかの歪曲《わいきょく》もゆるさぬという佐賀人の強烈な正義意識、非政治性は結局は葉隠の遺風かもしれないが、その体質がえらばせる分野はやはりそういうところにあるのかとおもい、興ぶかかった。

とにかく、明治後における官界、軍人界における佐賀人の硬骨逸話というのはかぎりなく多い。戦後のこんにちでさえ、こういわれている。会社で入社試験をする。その試験委員に佐賀人がおれば、かれらは決して佐賀出身の受験者に対してえこひいきをせず、もし佐賀出身者と他県出身者とがたまたま同点数でせりあいになるとすれば容赦なく佐賀の者を落してしまうという。

汚職どころかえこひいきですら秩序の敵であるということを、この秩序好きの精神風土をもつこの県のひとびとは風土として骨髄にしみこませているのであろう。そのため佐賀人は閥をつくることをしない。

閥をつくらぬという硬骨さでは土佐人に似ているが、土佐人の硬骨はつねに政治化し、たとえばいったんは政府内に入ってもやがては反政府運動をおこし、維新後も自由民権運動から幸徳秋水にいたるまでの反体制運動家を続出させてしまうが、佐賀人の硬骨と反骨はつねに体制内にある。

体制内でのうるさ型であり、検断者であり、その点で司法官や会計検査院にむくのであろう。さらには二重鎖国の鉄桶《てっとう》のなかで育った風土がそういう秩序護持のほうに情熱を志向させるのであろうし、さらにはあの幕末の風雲のなかにおいてすら藩法をやぶって脱藩志士になった者はわずか数人しかおらず、その数人もすぐみずから藩内にもどり、自首し、藩法による裁断をうけている。

志士というものが本来、反体制の活動者であることをおもえば、かれら佐賀志士の遵法精神のつよさというものが尋常一様なものでないことがわかるであろう。この数人の佐賀志士のなかに江藤新平、大隈重信などが入っているが、かれら佐賀人の明治政府における位置も特異なものであった。

明治初年のある時期は、政府の最高職である参議や卿の席をかれら肥前佐賀人が多数をもって占めた。その席は革命の功労勢力である薩長それぞれ以上に多かった。外務は副島種臣《そえじまたねおみ》が担当し、司法は江藤新平が担当し、文部は大木喬任《たかとう》が担当し、大蔵を大隈重信が担当した。

他にいろいろの原因や理由があったにせよ、ひとつには風雲をきりぬけてきた薩長の志士あがりの連中にはあたらしい体制をつくりあげるにあたっての実務家が意外にすくなく、そういうことになると、「一大藩黌」できたえあげられた勉学好きの肥前佐賀人の実力の前にひざまずかねばならなかった。

腐っても佐賀人だ

風雲の志士たちは白刃のくぐりぬけかたは知っていても、外務、司法、文部、大蔵といった専門知識を必要とするしごとには手出しができなかったのであろう。鍋島閑叟がつくりあげてその艦船や火砲もろとも新政府に献上した佐賀藩の人材はこういうところにも生彩を発揮した。事実、陸海軍と内務省以外の日本の各省の基礎はこの時期の佐賀人によってその最初の礎石がおろされている。

その佐賀人は、いまはどうなっているか。

「腐っても、チャア」

ということばを、翌日、市役所の某氏にきいた。佐賀人は法螺《ほら》を吹かないといわれているが、某氏は「強いて吹かせていただくならば」と言い、そういう佐賀のことわざのようなものを教えてくれた。チャアとは鯛のことである。「腐ってもチャア、ふうけても佐賀ンもん」と言うらしい。ふうけるとは馬鹿でもという意味である。他国者とはちがう、腐っても佐賀人だ、ということであった。

もっともこのことばの本当の意味は立身出世をせよということではなく、腐っても佐賀人ならまがったことをするな、ということらしい。まがったことをするな、せぬという自戒の言葉が市役所の吏員の口から出るところがいかにも佐賀である。

いかにも佐賀といえば、この市の市長は佐賀高校の名校長といわれた宮田虎雄翁であることであった。教育者を市長にえらぶところも佐賀らしさであり、さらにまた県知事が元会計検査院事務総長であることをおもいあわせれば、もうそれだけで古往今来の佐賀の風土がにおい出てくるではないか。

帰路は、雪になった。

博多の宿でテレビを見て東京でも時ならぬ大雪であることを知った。それが、気象のほうで「台湾坊主」という奇現象であることもついでに知らされたが、私にはどうにも、あの三瀬峠のせまい谷間で舞っていた粉雪が、三瀬峠から這い出てついに日本中を蔽《おお》ってしまったようにおもえてならなかった。

加賀百万石の長いねむり〔金沢〕

日本海
倶利伽羅峠
金沢
富山県越中
鶴来
安宅関跡
小松
高尾
吉崎
加賀
加賀
石川県
白山
大日岳
岐阜県
飛騨
福井
福井県
越前
大野

金沢駅
瓢簞町
本町
芳斉
尾張町
大手町
金沢大学本部
丸の内
地方裁判所
長町
北国新聞社
武家屋敷跡
香林坊
三十間長屋
金沢城跡
中央公園
県庁
霞ヶ池
市役所
兼六園
成巽閣
石川県美術館
石川護国神社

加賀国、国形ほぼ三角形をなす。南は越前に接し、西は海洋にひらく。而して東辺は越中、飛騨の山岳につらなる。北は角状をなし、突起して能登に触接す。今面積およそ百四十八方里。

吉田東伍博士の「大日本地名辞書」には、ほぼ右のように書かれている。

われわれが加賀の国都金沢へ発ったのは晴れた三月の木曜日である。列車は大阪発「雷鳥」であった。北陸トンネルをくぐってもなお晴天がつづいていた。金沢では年のうち快晴の日は十数日しかないときいていたが、列車が加賀に入ってもなお快晴がつづき、空はいよいよ青く、おそろしいばかりであった。

「北陸にすれば天候異変ですね。これは移動性高気圧と関係があります」と、隣りの席の老紳士が若い婦人に説明していた。婦人はうりざね顔の、典型的な日本海型の美人であった。会話の様子では金沢うまれで、京都の大学に遊学しているらしい。

「百万石の美人ですね」

と、同行のTさんがささやいた。なるほど、胸に紫の房のある被布《ひふ》の似合いそうな(現実のこの婦人の場合には思いきって短いスカートをはいていたが)どこか雅致の匂う翳《かげ》があり、少なくともざっぱくな工業都市で育った顔ではなかった。

私はたまたま、この列車で友人と同行していた。「近江」の稿で出てきたAである。かれはかつて、新聞社の金沢支局で支局長をしていた。「金沢にはああいう美人がふんだんにいるのかね」ときくと、かれは笑わず、苦っぽくうなずいた。

「居すぎる」

という。ただし町をやたらと歩いていない、という。ちょうどかつての北京《ペキン》がそうであったように、という。かれの説では金沢で「長町」といわれる旧武家屋敷町に美人が多く、夕暮など長町の土塀ぎわをあるいていると、息のとまるような美人が、ふとごみを捨てるために出てきたりする。「それをもう一度見たさに、三日も夕暮どき、町角に立ちにいったことがある」

「典雅なものだ」

三日も立った自分のふるまいが典雅なのか、百万石の城下の美人が典雅なのか、そこのところをかれは明瞭にしなかった。とにかく典雅なのであろう。

私にも、典雅についての経験がある。私の場合は若い婦人ではなく、老婆であった。

老婆であるだけにかえってこの経験は心にしみとおっている。

ここにのこる秩序の美

先年、金沢に行ったときのことである。たしか芳斎町あたりの角のタバコ屋でスリーAを一つ買ったのだが、その店番をしている老婦人がながい首を振りつつ、

「まいっさん　あんや　つんじみす」

と悠長にいった。翻訳すると、毎度さま　ありがとう　存じます、ということである。たかがタバコ一つでこれほどの荘重な敬語を用いてくれる土地はいまどきどこにあるであろう。


　この日、市電に乗った。市電のなかでも同種類の光景をみた。旧知らしい老婦人ふたり、車中でばったり会ったらしく、ながながとあいさつしている。その敬語のやりとりは型であろうが、型だけにそれは一個の古雅な芸能といってよかった。やがて二人の老婦人は、降りようとした。しかしどちらが先に降りるかということで果てしもなく譲りあい、ついに車掌に一喝されたため、やむなく一人が降りようとした。しかし降りず、他の一人をふりかえって、

「お静かにいらっしてだすばせ（遊ばせ）」

と、ゆるりと言ったあたりは名優の演技を見るようであった。様式美の極致であろう。

すくなくとも封建時代につくりあげられた日本美の最後の残光をそこに見たようなおもいであった。ついでながら、前述したように、私は芳斎町の角でタバコを買ったが、このとき私がもし金沢人なら、

「タバコ　たいま（ください）」

と言わねばならない。さらにタバコをもらったとき、無言でいては金沢人ではない。かならず、

「気がねやがいね（気兼ねでありますが）」

と、ひとこえ礼言葉をかけなければならぬであろう。これが、様式である。買い手がそのようにお礼をいってくれてはじめて売り手はその最後のことばである「およろしゅう」という一句を吐きだすことができ、この売り買いの寸劇を完結させることができるのである。ここまで、人間という動物を、その動物同士の接触を、やわらかい美にまで高めたのは日本の封建時代の巨大な功績としか言いようがない。

私は、金沢への車中でそのことを思いだし、Tさんに語った。

「そこが、百万石なんですね」

と、Tさんは深く同感してくれた。Tさんの説では、おなじほろびるにしても百万石の規模でほろびるためにほろびがよそよりも遅いというのである。言葉だけでなく、いろんな生活習慣のなかに封建美がこの土地には生きている。

「江戸時代には文明があったが、いまの世にはない」といったのは、たしか吉田健一氏の言葉であったかと思うが、文明というものが吉田氏の説のごとく秩序美にあるとすれば、金沢の一角にはなお秩序美があり、文明があり、いまの東京や大阪にはないといえるかもしれない。

幕末期の眠れる大国

われわれは夕刻、金沢についた。宿に荷物をおろし、すぐこの町の繁華街である香林坊という街《まち》衢に行った。Kという小さな飲み屋の二階座敷で、かねてお約束していた金沢大学助教授のH氏とお会いするためであった。ほどなくH氏が来られた。たがいに初対面であった。

このときのH氏のあいさつ作法の鄭重さにも、百万石の生活教養を感ぜずにはいられなかった。H氏はその場で、ある新刊本を数冊くださったが、その書物は、まるで神事のようないかめしさで奉書紙をもって巻かれ、奉書紙の表には「上」とうやうやしく墨書されていた。私は物というものをこのような鄭重さで頂戴したことがなく、おどろくよりもむしろ相手の「秩序美」に威圧されるおもいであった。

――ところで、私が（私だけでなくたれでも感じていることだが）加賀国について感じている第一の疑問にふれなければならない。幕末、この三百諸侯中最大の藩が、なぜあのように時勢に対して鈍感であったのかということである。文字どおり眠れる大国であった。さらに驚嘆すべきことは、世間から期待もされなかったことであった。

——加賀藩はなにをしている。なぜ立ちあがらないのか。

といったたぐいのことは当然、京で奔走している志士たちの口の端にのぼらねばならぬはずだったが、それさえなかった。世間から、わすれられた。

なぜ、そうだったのか。

考えてみれば加賀前田家はなまやさしい大きさではない。加賀、能登、越中三カ国の太守であり、二つの支藩の石高を加算すれば表高だけで百二十二万二千石もあり、この大きさは薩長をあわせてもなおあまりがある。これだけの藩が動けば幕府を戦慄させるに十分ではないか。しかし動かなかった。

そのなぜかという理由をその地理的かたよりに求めるのはやさしい。しかし僻地という点では薩長も土佐もかわりがないのである。また、北陸の積雪による閉鎖性ということに求めてもやはり理由にならない。おなじ北陸の越前福井藩（松平春嶽）三十二万石は、時勢に過敏すぎるほどの働きをしているからである。

とにかく加賀と加賀人はねむりこけていた。

——なぜでしょう。

と、金沢では、会うひとごとにきいてみたが、さあ、と加賀人独特のあの長者のような微笑でどのひとも首をかしげるだけであった。

歴史に触れよう。江戸時代の加賀を性格づけたのは、むろん加賀藩である。この藩は周知のように前田利家からおこっている。前田家は尾張発祥である。尾張の織田家家臣としては中の上の家柄で、利家は元服前、通称犬千代とよばれた。若年のころの信長は、この質朴で利かぬ気の近習をつねに身辺から離さず「お犬」とよび、餓鬼大将が雑犬でもてあそぶようにして愛した。

利家は秀吉とも深かった。秀吉は晩年、利家について「かれとは竹馬《ちくば》の友である」というひどく感傷的な言葉を使っているところからみても、前田家ののちの繁栄は、信長・秀吉という歴史の創始者との縁の深さによることは十分に考えられるであろう。縁の深さだけでなく利家の性格を考えねばならない。晩年の秀吉がつねに夜ばなしなどでいっているように利家は無類の律義者《りちぎもの》であった。秀吉はじつのところ、利家の能力よりもその律義さに期待した。

信長の死後、秀吉は織田勢力を相続した。この相続に、秀吉は無理に無理をかさねた。とにかくも信長の子どもを押しのけ、重臣同士の党閥戦をくりかえしたあげく天下を得た。このためこの政権は配下大名の多くが旧織田家の同僚であるということが弱点になった。それ以上の弱点は、秀吉には自分の親衛勢力とすべき肉親が少なかったことであった。

この弱点をおぎなうため秀吉は「竹馬の友」である利家に対し、「身内」としての尽力を恃《たの》んだ。このため利家を大いに抜擢してついに大納言の官にすすましめ、ついには徳川家康に対立する勢力に仕立てあげた。

要するに前田家が巨大になったのは利家の武略によるものというよりも、利家の律義さに理由があり、その律義さが、豊臣政権の性格的ひずみのなかで大きな光芒《こうぼう》を発揮したものといっていい。

やがて秀吉が死ぬ。ところがあれほど秀吉からその「律義」を期待された利家が、律義を発揮するいとまもなく相次いで死んでしまう。

利家は、加賀という遺産を残した。二代目利長は利口であった。「豊臣家への義理は亡父利家の一代で十分にはたしたはずである」と宣言し、公然、家康に与《くみ》し、豊臣家と断絶することによって家康の天下取りをごく受身ながらもたすけた。このため徳川政権下にも前田家は生きる資格を得た。ただしそこは「豊臣恩顧」という立場上、戦々兢《きよう》兢《きよう》としてである。

鼻毛で阿呆を装う

徳川初期、その種の豊臣恩顧の大名はつぎつぎにつぶされ、加賀前田家も当然ながらその最大の目標となった。しかし加賀藩は生きようとした。生きるがために外交のかぎりをつくした。

加賀藩のその生存外交の栄光をおもうとき、われわれは三代利常の存在を、白眉《はくび》としなければならない。利常のすさまじさは百面相師が自分自身を変えるように、かれも変えたことであった。かれは自分を阿呆仕立《あほうじたて》にした。顔の印象から変えた。鼻毛をのばし、口をあけ、外観を低能としてよそおった。

あるとき、江戸城の出仕を病気のため休んだことがあった。後日出仕したとき、殿中で、幕府の老中酒井讃岐守《さぬきのかみ》から、

「ちょっと」

と呼びとめられ、欠勤をとがめられた。ところが利常は、「はあ？」と口をあけ、やがて顔色を変え、いきなり袴をたくしあげて睾丸《こうがん》をほうりだしたのである。「ごらんあれ」と言い、

「このところが痛うて歩きもできませず、やむなく出仕をひかえ申した」

といった。この阿呆ぶりではとても反逆はできまい、という印象をねらったのである。

利常の外交はそれであった。

さらに利常と加賀藩（利常以後ずっとそうだが）は、幕府を安心させるために「軍備をおろそかにしている」という印象をあたえなければならなかった。このため藩をあげて謡曲をならわせ、普請に凝らせ、調度に凝り、美術工芸を奨励し、徹頭徹尾、文化に

うつをぬかした藩であるという印象を世間にあたえようとした（なんと戦後の日本に似ていることであろう）。

とにかくもこの大政略が、金沢のこんにちにいたるまでの一性格をつくりあげた。金沢がいまなお日本の美術工芸の一中心地でありえているのはその無言の証拠といっていい。

加賀藩の性格の創始者である利常は、その一代がほとんど佯狂《ようきょう》といっていい生涯であったが、その文化道楽は味覚にまでおよんだ。

ある年、参覲交代のとき、利常は日坂《にっさか》ノ宿《しゅく》で名物のわらび餅を食った。その餅があまりにも美味であったので、売り手はたれだときくと七十ばかりの土地の老婆であるという。利常は手をうってよろこび、行列の長持に毛せんを敷いてその上に老婆をのせ、飾りもののようにして街道をくだった。

あとでこの老婆に白銀二十枚をあたえて日坂へ帰したが、この白銀二十枚のうわさは当然江戸の評判になった。柳営《りゅうえい》でも、

「加賀どのの放らつさよ。あの様子では国もとではどれほど豪奢《ごうしゃ》なくらしをしていることか」

とうわさされ、当然ながら武備などとても考えていまいと評判された。

ついでながら利常はむろん馬鹿ではない。かれがよほどの器量人であったらしい証拠

はいくつもあるが、とにかくかれのこの韜晦《とうかい》ぶりはよほど徹底したものであったらしく、かれの肉親ですら、かれが本物の魯鈍《ろどん》であるとおもっていたらしい。

「加賀の狸寝入り」

といわれる。この利常がつくりあげた加賀藩の狸寝入り的な体質が代々忠実に継承され、あまりに忠実であったために狸であることをわすれ、そのうちほんしきに眠りこけてしまった、というのが、加賀藩史から受けるぬきがたい印象であるが、それだけにこの加賀、つまり石川県というのは、書きづらい。

地頭に勝った一向一揆

たとえばいままで書いてきた土佐、会津若松、近江、佐賀などの人間風土は、いわば立って走っている。ところが加賀は風が吹いても寝ころんでいる。寝ている者の魂胆、性格はどうにも臆測しにくいように、いわば加賀はそうである。

そのくせ無為で寝ているのではないらしく、寝ている思想といったものとして、この風土のなかから西田幾多郎と鈴木大拙という明治以後の二大日本的思想家を出していることからみても、加賀の寝姿がよほど薄気味わるいものであることがいえるであろう。

加賀人は寝てなにを考えているのか。

それを考える前に、これとはまったく相反する加賀人像について語らねばならない。

寝ているどころか、日本史におけるもっともおそるべき行動人集団であったころのかれらを、である。

前田家が加賀に入る以前、戦国の加賀一揆《いっき》のことである。戦後に教育をうけたひとはこの巨大な歴史的事実についてはあかるいはずだが、戦前に学校教育をおえたひとはあまり知らないであろう。もっともこの事実は、笠原一男氏（東大教授）というすぐれた研究者が出るまで組織立った研究はなされたことはなかった。要するに、

「加賀共和国」

ともいうべきものがあの戦国争乱期に存在し、しかも百年にわたってつづいていたということである。

戦国期に、加賀では他国のような英雄は出なかった。いや、出さなかった。加賀のすさまじさは国人《こくじん》が英雄的存在を否定したことである。たとえばかれらがやった最大の事業は、加賀の民衆が力をあわせてこの土地の守護大名であった富樫《とがし》氏を倒してしまったことであった。理由は簡単である。

「守護大名やその系列の地頭などの支配階級に年貢をおさめるのはばかばかしい」

ということであった。おさめるべき年貢はかれらの宗旨である本願寺（一向宗、無碍《むげ》光宗といったり、または宗門徒、さらには浄土真宗、単に真宗といったりした）の末寺におさめるようにした。日本史上、稀有《けう》の事態であり、国権の否定と納税の拒否、さら

に民衆組織の確立という点で、日本人はこれほど大規模な革命活動を持ったことがない。

なぜこんな民衆が出てきたのか。

蓮如はオルグの天才

これは私見で確証のあることではないが、これ以前から加賀平野一帯に灌漑《かんがい》や開墾がすすみ、耕地面積が飛躍的にひろがっていたのであろう。このためちょうど同時期の紀州紀ノ川流域（雑賀《さいか》地方）の発展ぶりがルイス・フロイスをおどろかせるように、それと同じ事情で富裕な自作農、小地主を大量に発生させていたにちがいない。それら自前百姓が大同団結すれば当然、中世末期の衰弱しきった守護大名や地頭の権力を圧倒することが可能であった。

さらにそれを可能にさせたのは本願寺教団の力であった。本願寺のこんにちは知らず、過去における最大の凄味はここにあるといっていい。本願寺の宗祖親鸞は、

「親鸞は弟子一人《いちにん》も持ち候《そうら》わず」

と言いつづけてついに教団形成の意志はなかったが、第八世蓮如《れんにょ》が出るにおよび、その天才的な組織力によって全国にその法義が燎原《りょうげん》の火のようにひろがった。とくに北陸と近畿、東海においてさかんであった。

「四、五人の衆、寄合談せよ」

ということを蓮如は組織づくりの眼目とし、ひとびとが集まって法義を語りあうことをすすめた。これによってかれら門徒の単位として「講」というものが組織されたが、この「講」の出現こそ日本民衆史上、驚天動地のできごとというべきであったろう。それまでの民衆は村落領主に支配されるだけのいわばタテの社会的関係のなかでしかこの世で棲息しえなかったが、講の出現によってヨコの関係をはじめて持つことができた。住んでいる世界のひろがりは、それだけでもかれらの感動を生んだ。その感動はまたたくまに加賀一国にひろがった。

それらヨコの組織を宰領していたのは本願寺末寺であり、かれら僧侶を中心に、これら講や末寺門徒が連合し、ついにはぼう大な軍事組織になってゆくのだが、当の蓮如はこれをきらい、しきりに、

「王法をもって本とせよ」

と、国権尊重を説きつづけ、おさえつづけたが、しかし蓮如ですらこの新興のエネルギーの前には無力であり、加賀から去らざるをえなかった。とにかく加賀人は「立って走り」はじめたのである。

百年続いた革命共和国

長享二年(一四八八年)といえば応仁ノ乱から二十年後、足利九代将軍義尚《よしひさ》のときで

ある。立ちあがった一揆は十万または二十万といわれ、富樫政親の高尾城を包囲し、攻防一カ月のすえその城をおとし、政親を火炎のなかで自殺せしめた。政親の首を得たこの六月九日をもって加賀国に一種の革命政権が成立した。連合政権であった。構成要素は、地侍、門徒百姓、本願寺僧侶より成り、既成支配階級はひとりも参加していない。「実悟記拾遺」のことばを借りれば、

「加賀は百姓の持ちたる国」

という、日本はじまって以来の奇妙な政体になった。フランス革命にさきだつ三百年前であり、その意識はむろん素朴なものであったけれども、とにかくも加賀の農民にすれば「武家を地頭にして手ごわい政治《しおき》に遭うよりは、本願寺坊主を領主にしてわがままを言いたし」(「総見記」)という程度の市民意識があった。しかもこの革命政権は一時的暴動ではなく百年もつづく。

その百年のあいだ、戦士化したかれらは隣国の越中の門徒にも連絡をとり、国境を侵して越中の一部を加賀政権のもとに置くことに成功し、さらに、越前をも攻め、これを領土化しようとしたが越前朝倉の兵が強く、このことだけはうまくゆかなかった。

とにかくも百年、織田信長の出現によって粉砕されるまでつづくのである。信長は全国門徒の策源所である石山本願寺と決戦し、一方では伊勢の長島門徒と戦い、後世頼山陽をして「抜キ難シ南無六字ノ城」といわしめたほどに信長は悪戦苦闘し、さらに加賀

に征服軍を送り、ついにこれを平定したころに信長は死ぬ。

次いで立った秀吉は本願寺を懐柔し、その戦力と戦意をうばい、ただの宗教教団にした。このころ前田家が加賀に入った。利家は、かつて一揆の構成分子であった現地の地侍を家臣団にくみ入れ、さらに本願寺布教を優遇し農民の租税を安くすることによってその牙《きば》をぬいた。

とにかく前田家の加賀進駐いらい、あれほど国中を「気まま」にした加賀人が人変りしたようにおとなしくなったのをみても、前田家の内政というものがいかに巧緻をきわめたものであったかがわかるであろう。前田家の文化政策が幕府に対しても効があったように、領民の骨を抜いて典雅な加賀人に仕立てあげてしまううえにも大いに効があったにちがいない。

すべてが平和になりおおせたときに、その平和をいよいよ深化させることに役立ったのは意外にも本願寺の教義であった。本願寺は本来、日蓮系のそれのような戦闘的な教義ではなく、逆にひとをして内へ内へとこもらせてゆくような、いわば内面深化の気分をもっている。

高度な宗教が生んだ思想人

いまでも石川県は「真宗王国」といわれ、東本願寺の金城湯池とされているが、とにかくも江戸三百年のあいだ本願寺がその教義をもって加賀人を薫化した。本願寺の教義は本来、人間無力のおしえである。無力なればこそ絶対者である阿弥陀如来《あみだにょらい》――絶対他力――の本願にすがり参らせるという教えであるが、この信心を得るためには、自分の精神的体質を、絶対無力の境地にまでひきさげて（あるいはひきあげて）しまわなければならない。

むろんこの絶対無力というのは政治的なものではなく、きわめて哲学的に定義されたものであり、無力から仏教的大勇猛心をひきだすというものだが、他力本願や無力ということをことばどおりに直訳すると、倉石前農相の失言問題のようなことになるであろう。

倉石さんは「他力本願では日本防衛はできない」といったそうだが、真宗の生命線であるこのことばをこのようにつかわれては、平素おとなしい本願寺も抗議せざるをえなかったのであろう。

しかし本願寺の教義はきわめてきわどい（どんな高度の宗教もそうだが）ところに成立しており、江戸時代のきばをぬかれた加賀門徒も、あるいは倉石的誤解の上できばを抜かれてしまっていたのかも知れず、このところはきわめて微妙である。

筆者は播州門徒のすじをひく家にうまれた。だからつい本願寺びいきになるのだが、この日本人が生んだもっとも高度な宗教が加賀人を行動家から瞑想家に仕立てたという点では、異論のないところであろう。

西田幾多郎は加賀の宇ノ気という真宗のさかんな土地にうまれ、きわめて親鸞思想の影響の濃い哲学を発展させた。西田哲学でいう絶対矛盾的自己同一というのも仏教がもとからもっていた一種の弁証法であり、根源は華厳《けごん》から出ているという。西田幾多郎のばあいはその根源の華厳にさかのぼってのことよりも、むしろ手近に、その生家にみちていた真宗的気分のなかから発想されたものに相違ない。

鈴木大拙にしてもそうであろう。大拙は禅を世界に紹介したひとだが、絶対自力の禅のなかに絶対他力の真宗的境地をひき入れ、とくに真宗の独自の人間風景である「妙好《みょうこう》人《にん》」（絶対無力の行者）をもって禅宗の悟達者とひとしいものであるというひろやかな思想を確立した。西田幾多郎も鈴木大拙も加賀にうまれなければおそらくその思想はべつなかたちのものになっていたであろう。

ほかに加賀では戸田城聖がうまれている。創価学会の組織者であるこのひとの脳裏には、当然ながら「講」と「寄合」をもって爆発的発展をとげた初期本願寺教団の組織ややりかたが、他人《ひと》ごとならず映っていたであろう。

向い通るはしまさでないか

翌朝、われわれは金沢の町を歩いた。朝めしの食える店をさがした。やがて一軒みつけてそこに入ったが、その店から北国新聞社の社屋がみえた。いうまでもなく石川県における もっとも有力な県紙で、旧加賀藩の版図《はんと》である越中の富山新聞をもその傘下にふくめている。

この社のかつての英雄的な社長、先年物故した嵯峨《さが》氏は熱心な大本教《おおもときょう》の信者で、大本教団の大幹部でもあった。社内のひとびとにも入信をすすめ、昭和三十年の新社屋竣成前後には社をあげて大本教の一大城郭の観をなすにいたったが、これなども宗教や思想を好む加賀ならではの奇現象であろう。

嵯峨氏が他界してから、大本教の色彩は社内から去った。が、無宗教になったわけではなく、かつての大本教にかわって、いまは「実践倫理宏正会」というのがその位置についている。これなどは、一般に無宗教といわれる日本人にすればよほどめずらしいことに属するであろう。

その土壌はやはり、戦国期百年にわたって宗教共和国でありつづけたことと、江戸三百年にわたって真宗王国を誇ったということをのぞいて考えられず、そういう意味でこの加賀のひとびとは、日本の他の地方に住む者とは別体験をしてきたし、いまもそういう精神の慣習がたとえ無意識であってもつづいているのではあるまいか。

この日、旧武家屋敷街である長町をあるいた。一番町、二番町、三番町とつづく土塀わきの狭い道路を歩き、しばしば辻に立ちどまって家並をながめたりしたが、Ａのいう息のとまるほどの美人に遭遇する幸運にあたらなかった。ただ、土塀の内側から若い婦人がうたうらしい唄が聞こえてきた。その唄がもし加賀の毛毬唄《けまりうた》でもあったりしたら私の加賀での幸福は絶頂に達したであろう。

向い通るはしまさでないか。やあれしまさん、まちがいました。お腰かけられ、たばこをあがれ、たばこのむにも煎茶《せんちゃ》のむにも、腹のねんねがぎゅうぎゅうと申す。

……

というところからはじまる唄だが、塀はくずれ残っていても唄までは残っていないのであろう。金沢でたれにきいても、このしまさの唄をうたえるひとはいなかった。

〝好いても惚れぬ〟権力の貸座敷〔京都〕

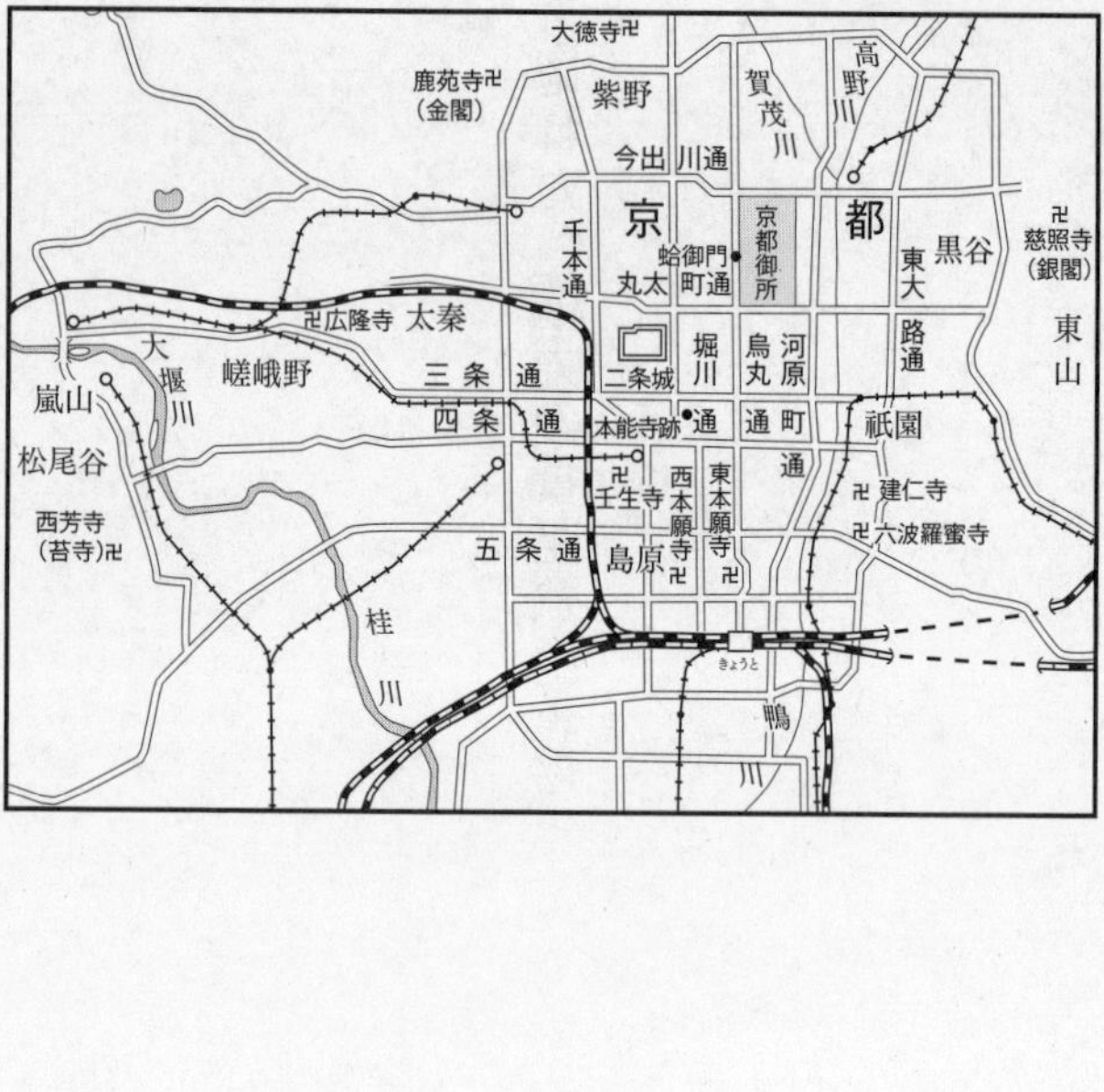
大徳寺
鹿苑寺
(金閣)
紫野
賀茂川
高野川
今出川通
京
都
千本通
蛤御門
京都御所
丸太町通
黒谷
東大路通
慈照寺
(銀閣)
東山
広隆寺
太秦
大堰川
嵯峨野
堀川通
烏丸通
河原町通
二条城
三条通
四条通
本能寺跡
嵐山
松尾谷
祇園
壬生寺
西本願寺
東本願寺
建仁寺
六波羅蜜寺
西芳寺
(苔寺)
五条通
島原
桂川
きょうと
鴨川

東京は日本の国家機構の中心であるかもしれないが、われわれのことばでいうみやこという語感では、やはり京都がそれにあたるであろう。京は、山城の国に所在する。むかし、新井白石が徳川幕府の最盛期に、

「徳川将軍は日本の主権者である。天皇は山城国に限定された存在であり、本来山城天皇とよばるべきものだ」

と、じつに徳川家にとって都合のいい御用学説を発表した。その山城の国へTさんと私は出かけた。

現代日本に残る秦の言葉

京は、郊外がいい。嵯峨野《さがの》から太秦《うずまさ》のあたりをあるいた。

「太秦の秦《しん》とは、どういう意味でしょう」と、Tさんはいう。

「あの秦ですよ」と、私はいった。これは古代史としてはわりあいはっきりしているか

ら確言していいが、秦の始皇帝のあの「秦」というところから出ている。山城国をおもうには、想いを古代中国に馳《は》せねばならない。

いうまでもなく紀元前三世紀のころの古代中国を統一したのが、秦である。ところがその秦は始皇帝いらいわずか三代十六年にして漢の高祖にほろぼされた。話が飛ぶが、この秦というのは当時の中国の中原《ちゅうげん》の連中からは夷狄《いてき》（異民族）をもって目されていた。

――ほんとうです。色は白く、目が青くて鼻がこう、ぐっと高かったのです。

と、戦前、秦史を余技で調べておられたある政治史（それも英国政治史だが）専攻のIという学者が、内緒ばなしでもするような小さな声で教えてくれたが、しかしどうだろう。紅毛碧眼《へきがん》であったというのはちょっと想像がすぎるかもしれない。

秦の人種論はさておく。その言語はやはりシナ語の一派だったのであろう。秦の言語では国という語は邦だったそうである。弓《きゅう》は弧《こ》という。賊は寇《こう》。衆のことを徒。これらの秦語は漢語に溶けこみ、その漢語が日本に輸入されてわれわれ現代日本人も、国家というのをしゃれて邦家といったり、在外日本人を邦人、万国無比を万邦無比などといったりしている。二千数百年前にほろんだ大陸の王朝の語彙を、二十世紀の日本人がなお使っているというところに文明というものの不可思議さがある。

その滅亡した秦王朝の貴族の一部が朝鮮半島に逃げた。「魏志《ぎし》東夷伝」にそのころの朝鮮の記述がある。朝鮮は馬韓、秦（辰《しん》）韓、弁韓にわかれている。このうち秦韓については「古ノ亡人、秦ノ役ヲ避ケテ来ッテ韓国ニ適《いた》ル」とある。「他の韓国とは、言語や風俗がすこしちがっている」とも書かれている。

その秦韓民族が、何世紀かをへて日本にきたのである。このことは日本側の正史である「古事記」にも「応神紀」にも記載されている。応神天皇の十四年（西暦二八三年）、弓月君《ゆづきのきみ》という朝鮮貴族が百二十県の民をひきいて日本に帰化した――と。

帰化人がおいた京の礎

百二十県の民といえば大量帰化というよりもはや民族移動にひとしい。かれらがやってきたことについては、朝鮮半島における政情の変化と直接のつながりがある。すなわち半島においては新羅《しらぎ》という強国が勃興《ぼっこう》し、右の秦韓を圧迫した。やむなくかれらは第二の故郷をすて、東海の列島を慕ってやってきた。その当時の日本では、おそらく群雄が地方に割拠していたのであろうが、むろん大和王朝が最大の勢力であった。弓月君はそこへゆき、

「予は秦の始皇帝の子孫である」

といった。単に朝鮮人というよりも、そのほうがこの蛮国（とかれらは思っていたにちがいない）で、居住権を得るには都合がよかったに相違ない。もっとも当時の大和王朝にあっては、秦帝国などというものについての歴史知識がどの程度にあったか、うた

がわしい。

百二十県の民といえば、いったい何人いたのであろう。この応神天皇十四年から百八十年ばかり経った雄略天皇の時代、雄略帝はその家来の小子部《ちいさこべ》という男に「あの帰化人の人数をしらべよ」と命じ、その結果、九十二部族、一万八千六百七十人という数字があきらかになった（「雄略紀」）。応神朝はかれらにたいし、

「山城のあたりでも拓《ひら》けばどうか」

とでもいったらしい。なにしろ大和・河内は大和朝廷の直轄地であり、そこにはかれらの割りこむすきがなかったにちがいない。当時、山城は草獣の走る一望の曠野であったのかどうか。とにかく、秦氏《はたうじ》はここに国土をさだめた。その国都がいまの京の郊外、嵐山電車の沿線にある太秦であった。

秦氏は、たちまち強大な勢力になった。なぜならばかれらは産業をもっていた。その特殊技能はハタオリであり、織物をふんだんに生産することによって大和王朝の用をつとめた。当時の日本人たちが秦《しん》を秦《はた》とよんだことだけでも、秦氏の日本の未開社会における位置がわかるであろう。応神朝のつぎは仁徳朝だが、この仁徳天皇の代にこの秦氏の技術者を山城だけに住まわせず、諸郡に分置させていることをもってしてもかれらがいかに珍重されたかがわかる。

秦氏の首長からは、政治家も出た。秦川勝《はたのかわかつ》がそうである。推古朝の人。聖徳太子につ

かえ、その政治をたすけただけでなく、太子のための資金源になった。当時日本で富者と言えば秦氏のことであったから、聖徳太子の政治的成功はこの秦川勝の経済力なしに考えることはできない。

川勝は、太子に尽した。仏教好きのいわば当時の進歩的知識人であった太子のために、このパトロンは山城ノ国に広隆寺をたて、太子の別荘として献上した。「山城にあそびに来られたときはこの別荘でお昼寝をなされよ」というのが川勝の口上であったであろう。

秦人はイスラエルびとか？

「この夢殿がそうですか」

と、Tさんが広隆寺の境内を歩きながら、八角の円堂を指さした。太子建立《こんりゅう》の大和法隆寺の夢殿と同型のもので、この寺では桂宮院本堂という呼称になっているが、聖徳太子以後の建造物だから、太子が昼寝をしたわけではなかろう。

「秦氏は、イスラエル人だったと思います」

と、前記I氏が私にその壮大な空想を語ってくれたことがある。なぜならばこの広隆寺の境内わきに、太秦の土地のひとびとがいまでも神聖視している「やすらい井戸」という井戸がある。I氏によれば、やすらいはイスラエルのなまりであり、砂漠の民であるイスラエル人は当然ながら湧水池のまわりに住み、それを神聖視する。やすらい井戸はその生きた遺跡だというのである。

太秦には、奇祭がある。毎年十月十二日におこなわれる牛祭がそれで、夜八時すぎ、怪奇な赤鬼青鬼の面をつけた白装束の鬼四ひきがタイマツに照らされて境内にあらわれ、やがて牛面をつけた摩陀羅神《まだらがみ》というものの供をする。やがて祭壇の前で鬼が摩陀羅神に対し、祭文を読みあげるのだが、その祭文のことばはまったくちんぷんかんぷんで、何語であるのかわからない。マダラ神というのはいったい何の神か。その祭文のモトの言葉は秦語か、古代朝鮮語か、それともイスラエル語なのか、まったくわからず、土地の古老にきいても、

「さあ、神の言葉どっしゃろか」

と、とりとめもない。この祭りは起源もわからぬほどに古いのだが、たれかこれを大まじめに研究する学者がいないものだろうか。アジアの他の国の古俗と対比すればなにか出てきそうに思われるのだが、どうであろう。

この太秦広隆寺の境内に小さな森があり、泉が湧き、泉に三脚の柱をひたした奇妙な石鳥居がある。三本あしの鳥居など日本のどこにもないが、前記I氏は「あれはイスラエル人が好む紋章です」という。

空想というものは楽しい。この広隆寺には寺の守護神というかたちで大酒神社という

古社がある。古くは大避《おおさけ》と書かれていたそうである。さらに古い時代には「大闢《だいびゃく》」という文字があてられていた。大闢とはなんぞ——ここで空想家は昂奮しなければならない——大闢とは漢訳聖書ではダビデをさすのである。となれば大酒神社の祖形はダビデの礼拝堂であるということになり、秦氏はイスラエル人であるばかりか、古代キリスト教徒であった、ということへ飛躍してゆくのである。

「魏志倭人伝《ぎしわじんでん》」における耶馬台国《やまたいこく》とは九州か大和か、という考古学的想像もおもしろいかもしれないが、「魏志東夷伝」から発想してゆくこの古代山城の秦氏研究も十分に学問的ロマネスクの世界ではないか。

フルネームはわすれたが、大正末期に英国人でゴルドンという女性が、秦氏キリスト教徒説をたてたことがある。私は手もとにその資料をもっていないから、その説を正確にここに紹介することはできないが、要するにキリスト教といっても、ローマンカトリックではなく、ネストリウスの教派らしい。いまのローマのカトリックは、遠くパウロがひらいた。他の教派は異端とされた。

異端の最大のものはネストリウスの教派であり、これはコンスタンチノープルを根拠地とする東方教会から追われ、東へ逃げ、絹の道《シルク・ロード》を経てさらに東へゆき、ついに中国大陸に入った。古代中国ではこの宗教を景教と称し、この時点よりちょっと時代のくだる大唐の世に一時大いに隆盛を示したことがあるが、やがて弾圧され、泡のように消えた。

秦氏はつまりこの景教徒《ネストリアン》であるというのだが、真偽はむろんわからない。あくまでも青と朱にいろどられたあえかな空想としておくほうが無難であろう。要するに、京——山城平野——の最初のぬしである秦氏は謎の民族なのである。

ゼッペキ頭を貴しとなす

「秦氏の遺跡は、この太秦の広隆寺や大酒神社だけなのでしょうか」

と、Tさんはこの空想旅行を楽しみはじめたらしい。

孔子は、怪力乱神を語らず、といった。私もそれにならい、物事を考えるときに奇譚《きたん》奇説という麻薬をできるだけ服用せぬように心掛けているが、文献資料のない古代を考えるということは、もうそのこと自体が麻薬的酩酊をともなう。

「あります」

私は、酩酊をおさえつついった。「京の古社がたいていそうです」

このあたりに大堰川《おおいがわ》が流れている。その中流に松尾橋がかかっており、橋を西へ渡ると、松尾大社という古社が鎮まっている。ついでながらその南の谷に苔寺《こけでら》がある。この古社は秦氏の長者秦都理《とり》という人物がはじめて祀《まつ》ったとされているが、祭神の松尾大神というのは秦氏にとってどういう神だったのかわからない。いまはとにかく酒の神社であり、全国の醸造家から崇敬されている。

朱の鳥居と狐憑《きつねつ》きで知られる伏見の稲荷《いなり》大社も、当時の大和人の神ではなく、秦氏の神であった。「秦氏の三神」といえば、賀茂社（上賀茂、下賀茂神社）も入る。京都最古の神社であり、秦氏が大いに崇敬したというが、しかしこの神社だけは秦氏の創立ではないかもしれない。社伝から想像するに、秦氏が山城国にやってくる以前からこの神はこの野に鎮まっていたようにおもわれる。秦氏よりもふるい先住民――カモ族――の神であったか。加茂族、鴨族と書いてもいい。カモという地名は、諸国あわせて七十九カ所もあるそうだが、要するに天孫族に追われた出雲族の古称を「カモ」というのであろう。秦氏は山城の出雲族と調和すべくこの神を氏神のひとつとして祀ったのかもしれない。

これで、古代山城についての私の話柄が尽きた。時代ははるかにくだって延暦十二年（七九三年）、桓武天皇は山城の地に唐風の帝都を建設しようとし、この年の二月、新都造営の旨を賀茂大神に告げた。

おそらくは山城の先住民であるカモ族の協力を得ようとしたのであろう。新都は山城国葛野郡宇太村《かどののこおりうた》（京都市の原地名）に造営されることになるが、その宇太村にはまだカモ族が住んで炊煙《すいえん》をあげていたにちがいなく、それの協力を得るにはそのカモ族の神のゆるしを得ようとしたのである。むろん山城にはカモ族などよりはるかに強大な秦氏がいる。朝廷ではこの秦氏をも協力せしめるために「秦王《はたのきみ》」といわれたその長者の娘を、

「平安京造営長官の妻として嫁せし」めたりした。平安京の最初の内裏《だいり》は、秦王の邸館をこわしたあとにたてられたという。

秦氏もこのころになると、廷臣の位置を得ている者も多く、まったくといっていいほどに日本化していた。もっともかれらの風俗が、王朝の廷臣に影響をあたえもしていた。平安朝の公卿というのは、男子の後頭部の絶壁のようなるさまを尊ぶという妙な習俗をもっていた。ゼッペキ頭のことを「編頭《へんとう》」という。

編の意は狭きさま、その形状。頭を編頭にするために子がうまれると、固い扁平な枕で寝かせたという。この習慣は秦氏にもあり、この民族がまだ朝鮮で秦韓（辰韓）という一国家をなしていたころ、中国側の地理書ではその風俗につき、「児生ルル時ハ、便《すなわち》、石ヲモッテソノ頭ヲ圧シ、ソノ編ナランコトヲ欲ス」と書かれている。この秦氏の風が平安朝の貴族に感染し、そのゼッペキ好みになったのかどうか。ついでながらゼッペキのほうが冠をかぶったときに立派にみえるという。源氏物語の主人公も、美男であるかぎりはおそらく編頭であったであろう。

百年へて祇園の市民権

嵐山の桜が、散りいそいでいる。洛西から市中に入り、六波羅蜜《ろくはらみつ》寺のあたりから建仁寺のほこりっぽい境内を通りぬけたが、市中ではすでに桜は葉ばかりになっていた。祇《ぎ》園《おん》を通り、先日火事がいったというお茶屋の焼けあとを見物した。

京のひとは火の用心にきびしい。ことに祇園町の出火はまれで、こんどの火事は昭和に入ってはじめてである。東京ならば日常茶飯の事件が、京都ではこの話でもちきりだった。こんど焼けたお茶屋のうちの一軒は、店をはじめて百年以上だという。

「百年以上」

ということに、私は感心した。が、これは的はずれだった。そのあと、友人と落ちあうために知りあいのお茶屋にゆき、おかみをつかまえてそれを感心すると、くすっと笑われた。「うちも百年以上どすえ」という。百年以上などは祇園ではざらなのである。

「うちも百年以上どす」

とその座にいた老妓がいった。ざらどころか最小限百年は経たないと祇園町の市民権が確立しないのかもしれず、この町内にあっては百年などはいばれたものではなさそうなのである。京ではつづくということがあたりまえであり、正義であり、派手な商いをして続かなくなることが不正義なのである。

おかみは、言う。「四代前が、ちょうどあのサワギどした」。あのサワギとは、幕末の騒乱のことである。

「そらもう、なんぼでもお金が入ってきたそうどすえ」という。おかみが聞きつたえている範囲では、志士は即金勘定だったという。長州とか薩摩とかいう歴とした大藩の場合は、御用のお茶屋がある。藩の外交官である周旋方、公用方とよばれている連中はむろん社用族であり、つけであったろうが、小藩の者や浪士は多くはイチゲンサンであり、イチゲンサンでも花の都にのぼった以上、かれらのいう「解語の花」と遊びたい。もともと祇園はイチゲンサンをあげないのだが、そういう点でも、かれらにはひがみがあったのであろう。「あげへんと刀を抜かはるのどす」。だから怖い一方であげる。あとは、

——何々をよべ。

である。その名指しの芸者が来ないと、かれらは当然ながら逆上する。長州の座敷におるのか、薩摩の座敷におるのか、一橋の座敷におるのか、そういうせりふであろう。雄藩の座敷ならつとめるくせに、おれのところには来られぬのか、という次第で、抜刀する。白刃をさかさまに畳に突きさす、「よべ」と叫ぶ。「家の者はみな押入れにかくれて、すきまからそっと」と、おかみはいう。

とにかく使いが芸者のところへ何度も走り、「命をたすけると思うて来とくれやす」と頼み入るのである。あとの金払いはきれいだったという。ところがその白刃志士が翌朝近所で斬り斃《たお》されていたという。名もわからず、どこの藩の者かもわからない。お茶屋のほうとしてはそういう詮索《せんさく》よりもとにかくかかわり合いをおそれて、うちのお客やおへんと口をぬぐっていざるをえなかったであろう。祇園では四、五代つづいた家なら、かならず同種類のはなしがつたわっている。

京の人気は長州に集まった

とにかく諸藩が祇園町でつかった遊興費というものはばく大なものだったらしい。渋沢栄一翁は若いころ、一橋家の京における公用方であった。毎日祇園で他藩との連絡という名目の会合があり、それに出席して酒を飲むことだけが仕事だった。「いくら若くても体がもたなかった」と渋沢翁は語っている。一橋家は、幕府の代弁藩である。その反対勢力である長州藩は幕府側諸藩をひっくるめても及ばぬほどに祇園で金をつかった。なぜそれほどの金が長州の金庫にあったかということについては、いずれ山口県の項を書くときに触れねばならないが、いずれにしても長州藩が幕末において祇園でおとした金は大きかったであろう。こういうこともあって、祇園町は挙《あ》げて反幕勤王化した。

幾松や君尾といった名妓だけが勤王芸者であったかのように後世のドラマの作り手たちは思いがちである。そのほうが彼女らの侠気を悲壮美に仕立てやすいのだが、どうもありようは、祇園町ぜんたいの気分がそういうものであったらしい。

金があってきれいに使って、男ぶりがよくて（長州人は秀麗な顔が多い、と明治初期にきた英国人チェンバレンも書いている）、そのうえ国のために命をすてようという男どもを芸者たる者が好かぬというほうがふしぎである。さらにこの長州藩の藩としての浪費が、長州藩という像を、実像以上の巨大なものとして世間に印象させた。「長州さまが天下をとるのではないか」という実感を京の者はもったであろう。

その長州藩が文久三年夏の政変で京を追われ、とくに元治元年以降は長州人とみれば新選組が所かまわずに斬りたおすという悽惨な反動期をむかえるが、そのときでさえ京都人は長州を捨てず、その潜伏者を命がけでかくまった。桂小五郎ならずともそのようにして救われた実例がおびただしく、幕府がこれに手こずり、「長州人をかくまうべからず」ということについて、三条大橋のたもとの制札場に長文の説諭文をかかげたほどであった。

その長州藩が鳥羽伏見の前夜、薩摩藩の手びきによって京によびもどされたが、伏見街道からダンブクロ姿の長州兵が京に入ってくるのを市民はあらそって見物し、その隊列が曳いている荷駄にの定紋が入っているのをみて沿道はみな涙をながしたという。京都人の俠気というものであり、長州藩の成功のひとつはそれを得たことにあったであろう。

芸者に嫌われて出世できず

古来、京は、権力争奪の選手たちの貸座敷である。源平争乱のころ木曾義仲が京にのぼり、いちはやく木曾政権をうちたてたが、しかし「座敷」でその兵どもが強姦、掠奪、放火など乱暴のかぎりをつくしたために天下の信をうしない、没落した。単に貸座敷ではなく、京は世論形成の根源地であった。つづいて源義経にひきいられた頼朝軍は、軍紀がきわめて厳粛で、そういう沙汰は皆無であったとその当時の公卿が書きのこしている。

織田信長はそういう――つまり京の世論が天下の世論になるという機微をすでに知っており、かれが宿望を達して京に旗をたてたとき、兵士の乱暴をいましめ、市民にわずかなことで迷惑をかけた足軽に対し、即座に捕縛し、樹につないで市民の見せしめにし、しかるのちに首をはねた。信長でさえ、京者の口うるささをおそれたのである。

いまの京都府知事の蜷川《になが》虎三氏が昭和二十何年だったかに革新勢力の票を得て当選したとき、「京都には知事としてタブーにすべき世界が三つあります」と、半ば冗談めかしくいった。祇園と本願寺と西陣のことである。戦前の官選知事時代からの申し送り事項で、この三つの世界からきらわれたり、たたられたりしたらいつかはひどい目に遭うということなのである。

本願寺と西陣は語呂《ごろ》あわせのつけたりで、本命は祇園であろう。祇園は日本の権力のどこかの筋に接続している。官選知事の一人や二人を闇討することぐらい、朝めし前かもしれない。

京都では「芸者にきらわれる者は出世しない」という。その世論形成力というのは、古来、京都人のお家芸であり、祇園がその正統を継いでいるといっていい。長州人はこの町で人気を得た。新選組は首領の近藤勇などは諸藩の公用方と会合する関係上祇園になじみの家が二、三あったが、その隊士はおもに島原であそんでいた。祇園の者が新選組を「みぶろ（壬生浪）」といって嫌悪し、言い伝えなどでもいささかの親しみももっていないのは、ひとつは祇園からみればかれらは垣のそとの人間どもだったからであろう。イチゲンサン以下なのである。

べつに上戸《じょうご》でもないのに祇園のことに多くの言葉かずを費やしているのは、なんとなく京都の人間風土を象徴するようなものが祇園にはあるからである。本願寺さんはどうか。

本願寺は、祇園のような紅唇をもっていない。「本願寺はこわい」と官選知事が申し送りをしたというのは、おそらく大正期までのことにちがいない。その理由は歴史的に説明されねばならない。

西本願寺（末寺一万余）は、秀吉の肝煎《きもいり》で京の西六条に移り、庇護されたから、歴代が豊臣びいきであり、秀吉が公卿の筆頭であった関係上、江戸期を通じて朝廷との縁が深い。幕末の流行語でいえば勤王である。

東本願寺（末寺九千余）は家康が創設した。歴代、濃厚な幕府色をもち、幕末流行の分類でいえば佐幕である。幕末、京童が、「天朝さまにいこうか本願寺さまにいこうか」とうたった本願寺とは、この佐幕の東本願寺のことである。幕府と親密だったから、一橋慶喜が京都駐在の幕府代表になって京にきたとき、この東本願寺を宿所にした。

それに反し、勤王の西本願寺は長州派の巣窟であった。京で長州人が勢力を得るにつれて、本願寺の内部でも長州出身の僧が勢力を占めた。その長州が、前記のように文久三年夏から元治元年にかけて大いに没落するとともに、西本願寺も会津藩や新選組からにらまれ、元治ノ変のときは長槍をきらめかせた会津兵に境内ことごとくを捜索され、天井という天井を槍で突かれ、つづいて新選組におどされてその臨時屯所《とんしょ》にされたり、新屯営の建造費をおどしとられたりした。が、維新回天とともに様相が一変し、明治後は西本願寺内でも、明治政府と同様長州閥がながくつづき、宗政面や宗学の面で長州僧が活躍した。

この宗門でも日本歴史の縮小版ともいうべき幕末明治史があったのである。それでもって「本願寺はこわい」という官選知事の申し送りは自然にわかるであろう。西本願寺は日本の枢要部分と微妙なかたちで連絡をもっていたから、京都府知事がうかつな干渉行政をやれば泣き寝入りなどはせず、急所に手をまわして知事を暗に制圧することができた。しかし長州閥が日本の権力社会から退潮したあとも、「こわ」かったかどうか、その点はなんともいえない。

同じ菓子を売って三百余年

右のように、ふつうの街ならば歴史は博物館におさまっているのだが、京都の場合、知らねばならぬことは歴史は博物館に入らず、断絶することもせず、生きてつづいているることである。それも「百年以上」というけちなものではない。紫野の大徳寺は臨済禅の巨刹《きよさつ》であり、かつては一個の政治勢力であり、天正のむかし織田信長の葬儀がおこなわれたところであり、豊臣家に庇護された寺である。ここの管長になるには二つの法脈（僧侶の系譜）のいずれかに属さねばならないが、その二大閥の一つは北政所党《きたのまんどころとう》であり、一つは淀君党なのである。豊臣家の閨閥あらそいは関ケ原や大坂夏ノ陣でおわったのではなく、大徳寺ではなおもつづいている。

私は昭和二十四年の夏のある日、たまたま西本願寺の宗務所で茶をよばれていた。いつもこの宗務所のなかに「お菓子の御用はおへんか」とジャンパー姿で御用をききまわっている青年があり、何度か顔をあわすうち、その青年と仲よくなった。「いつごろから菓子を売りにきているの」とつい失礼なことを——あとで思えば——きいた。父親の代からか、それとも一年か二年前にこの青年が販路を開拓したものだろうと思ってきいてみたところ、天正時代からどす、といわれたのには息がとまるおもいがした。三百数十年前、戦国のたけなわのころである。

織田信長と、当時摂津の石山（大阪）に本山をもっていた本願寺と戦ったのは石山合戦といわれているが、この十一年にわたる長期戦は、ある意味では戦国の優勝者をきめるチャンピオン戦だったといえるであろう。そのとき本願寺の兵糧方をつとめていたのが、この青年の先祖であった。

天正八年、信長とのあいだに降伏的な和睦が成り、法主顕如《ほっすけんにょ》が落人同然の境涯で紀州鷺《さぎ》ノ森《もり》（和歌山市）へ退却したとき、この青年の先祖もつき従ったという。その道中、法主をなぐさめるために菓子を調製してさしあげた。糒《ほしいい》を蒸して甘味をつけた、ちょっとカステラに似た菓子である。法主はその美味をよろこび、おりから松の枝を南海の浜風がしきりに鳴らしていたので、「松風」という名をあたえた。

以後、豊臣の世になって本願寺はその流亡の境涯からすくわれ、前記のように京の西六条の地をあたえられ、はじめて京を本拠にした。この兵糧方も跟《つ》いて京に入り、本願寺の前で菓子司としての釜をすえ、いらい数世紀、いまもって「お菓子の御用はおへんか」と本願寺のなかをまわっている。

京都は、そういうところである。それに、風狂がくわわっている。

「うちには、お狸《たぬき》はんが出やはるのどすえ」

と、大まじめに語ってくれたのは、岡崎のあたりの旅館主で、かつては祇園の名妓といわれたひとである。出るのは彼女の部屋で、寝ていると、夜ふけに気配がしてうしろから抱きつくという。そのおかみのお嬢さんが、そんなあほなこと、いまどき、おすかいな、と笑い、念のためその部屋に寝てみると同様の目に遭い、いよいよお狸はんや、きっとお嫁がほしいのにちがいない、と思い、めすの陶器製の狸をさがし、ちゃんと輿入れの支度をしてもらい、行列も組み、神主つきそいの上で嫁取りをした。

京は好いても惚れぬ

もう出ませんか、ときくと、「いや、それが。……あれはどうどすねやろ、陶器の牝狸や言うこと、知っていやはるのどすかいな」という。どこまで本気なのか、それともこちらがからかわれているのか、京都人のユーモアはまじめと冗談のあいだに独特の粘膜があってわれわれ他国者には理解しにくい。この会話は、白昼、それも大阪中央放送局のあかるい応接室でのことである。

私は、「いったいその狸はどこからやってくるのです」ときいてみたところ、女将は瞼を眉に貼りつけるほどにひらいて、「そら貴方《あん》さん、きまってますがな、うちの裏は動物園どすさかい」と答えた。千年の都会人だけに、風狂か冗談か本気か、本音を煙のように煙らせてしまう術《すべ》に長《た》けている。いろごとも、おそらくこうであろう。

むかしから大阪では「京おんなは好いても惚れぬ」といわれてきたが、あずまえびすは、義仲にせよ、頼朝にせよ、義経にせよ、尊氏にせよ、この手であしらわれてきたのかもしれない。家康のみは京都と絶縁して江戸で政権をたてた。これらの権力の狂宴のなかでは秀吉と長州人のみはもっとも好かれた。しかし好かれても惚れられたかどうか。豊臣家の滅亡と運命を共にした京都人はいなかったし、また長州人に心中立てをして革命の火をくぐって死んだ京都人もいない。しかし長州人に拍手を送った幕末の京都人の気概と好みは、いまも選挙で革新系候補に多数の票を贈り、知事も市長も社会党というあたりにさえざえと伝統をのこしている。

かといって革新勢力は甘ったれるわけにはいくまい。この日本唯一の都会人——東京も大阪も各県の植民地にすぎぬとすれば——ともいうべきわが市民のなかには、「好いても惚れぬ」という風霜千年の自我が確立しているのである。

独立王国薩摩の外交感覚〔鹿児島〕

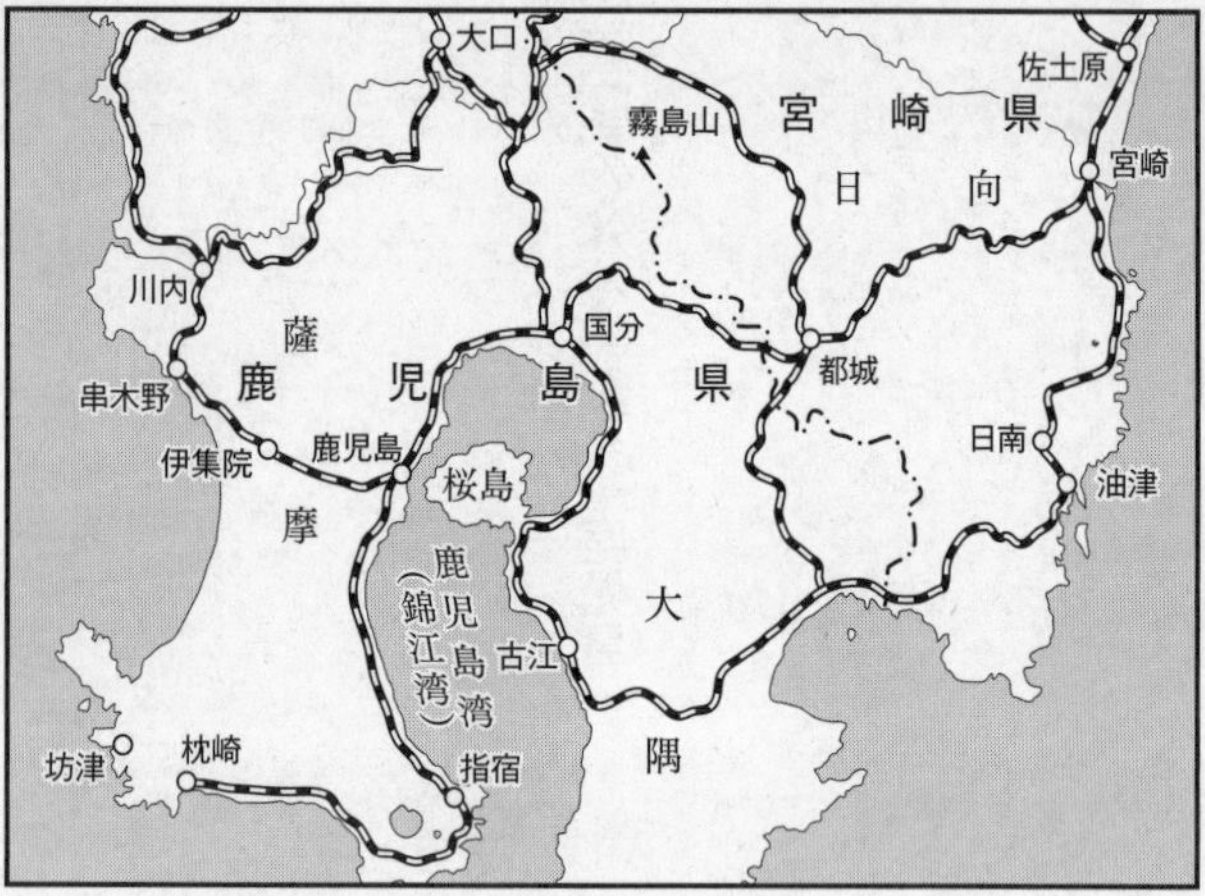
大口
佐土原
霧島山
宮崎県
宮崎
日向
川内
薩
国分
都城
串木野
鹿児島県
伊集院
鹿児島
日南
桜島
油津
摩
鹿児島湾（錦江湾）
大
古江
隅
坊津
枕崎
指宿

薩摩路の旅にはひとつ不可欠な条件がある。桜島が晴れて錦江湾《きんこうわん》（鹿児島湾）がかがやいていなければ、ひきかえして雨のよく似合う熊本にでも退避しているべきであろう。

この日われわれの旅は幸いにも快晴にめぐまれた。鹿児島飛行場のすぐ前にみえる桜島は、まるで窯変《ようへん》の茶碗を伏せて天空に拡大したようであり、その形、肌の美しさはなんというべきか。地球の一部を窯《かま》に入れて焼きあげたような、これはまるで神の陶芸といっていい。空港を横切りながらこの県の小学生が、全国の児童画コンクールでいつも一位になるという話をおもいだした。当然かもしれない。この活火山は夕暮になるにつれて色が刻々変わってゆくが、鹿児島のこどもたちは、毎日、目の前の天いっぱいに、こういう変幻きわまりない色彩世界をみせられていては、自然感覚が豊潤ならざるをえないにちがいない。そのようなこどもたちのあいだから、日本洋画の草創期のひとである黒田清輝や、またこんにちでいえば海老原《えびはら》喜之助氏、東郷青児氏などが出た、といえば多少無理な付会になるだろう。才能というものはそれ自身が独立しているものであり、風土が生みだすものではない。

しかし、作家がすくないというのは多少風土に関係がありそうである。私の知る範囲での鹿児島出身の作家というのは海音寺潮五郎氏があるのみである。「私などはね」と、氏はかつて言われたことがある、「日本語で書いているんですからね」。これはむろん冗談ではあるが、薩摩語というのは、つまり作家にとっての母体言語である薩摩語というのは、それほど晦渋《かいじゅう》で、これと共通日本語とのひらきは、ポルトガル語とスペイン語ほどの差があるにちがいない。

「それにしてもふしぎだな」

同行のTさんが、まっさおな錦江湾をながめながら、別な話題を出した。「この鹿児島にくると、日本のことを考えますね。つまり日本の来しかた、ゆくすえといったようなことを。これはどういうわけかなあ」

Tさんのおかげで、こんどの旅行の主題ができた。これを考えながら歩きたい。考える前に、ごく普通に思いつく答えは、日本のハシであるということである。船でも、船首か船尾に立てば船全体が見えるように、日本列島のハシである薩摩に立てば、つい視覚が巨視的になるのかもしれない。しかしそうではないかもしれない。なぜならば同じハシでも津軽野の原頭に立てば日本のことを思うだろうか。Tさんは青森県八戸《はちのへ》の産であり、津軽をこよなく愛している。

「津軽はちょっとちがうな」

と、Tさんはいった。

北端の津軽では別な巨視像が出てくるであろう。日本はどうなるということよりも人生とは何かといったような。津軽野の風のなかで思いをひそめるものは、たとえば人間の業《ごう》とかいのちの悲しみとか、いわば人間生存の第一義のようなものであり、そういう瞑想の姿勢が北端の地にはよく似合う。

しかしながら薩南の地にきて思うのは人生のことよりも天下のことである。北方の氷雪は人間を内攻的にし、西南の陽光は人間を外攻的にするというのはいかにも図式的だが、すくなくとも津軽うまれの太宰治を薩摩にうまれせしめれば別な人間になっていたかもしれないし、逆に、太宰以上に大いなる感情家であった西郷隆盛を津軽にうまれせしめれば、その豊富な感情はおそらく治国平天下のほうに向かなかったかもしれない。いずれにせよ風土ということについての日本における代表選手はなんといっても津軽と薩摩だが、両者はこれほどにちがう。

剽悍な隼人族の魅力

さて、なぜ薩摩にくれば日本のことを考えるのか。それそのものについて考えるよりも、考える材料を考えるほうがよさそうである。

薩摩という国は、他の日本の諸地方とはずいぶんちがっている。

その特異さは、まずこの国は日本歴史においてすくなくとも五度以上、日本そのもの（中央政権というべきか）に対して大規模な戦争を挑んだ国であるということである。

こんな土地は、他に絶無である。上代では何度か小規模の反乱があり、允恭《いんぎょう》帝のころ大いにそむいて中央から討伐軍が派遣されたということが日本書紀に出ているが、やや茫《ぼう》漠《ばく》としているから措《お》く。われわれの手のとどく歴史といえばまず奈良時代からであるが、元正帝の養老四年二月、隼人《はやと》が大いに反乱した。

しかしその前に、隼人とはなにか。

よくわからない。いまの鹿児島県薩摩半島と大隅《おおすみ》半島を主たる住国としていたが、何人種なのか。その風俗が大いにちがっていたところからみても奈良朝国家の支配者とは別な種族であったことはたしかである。その種族については喜田貞吉博士がよほど関心をもったにもかかわらず、いまだにそれが、インドネシア系であるのか、それ以外のものなのか定説はないが、要するに慓悍《ひょうかん》で多血質で進退が敏捷で、戦士としては無類に強く、奈良の朝廷はこの種族の強さに手を焼いてきた。

この奈良朝のころになると、朝廷では北九州にある政府出先機関である大宰府をして南日本の隼人を統制させてきたが、かれらは独特の社会をもち中央の、たとえば土地制度などにはいっさい服しない。中央ではこの前後、仏教を隼人のあいだにひろめてその剽悍の気を殺《そ》ごうとした。この点、中国史における清帝国が北方の蒙古民族の剽悍の気をそぐためにラマ教を入れたのと事情が似ているが、蒙古民族におけるような効果は隼人にはなかった。

また隼人地帯の統治に対しては、多く中国からの帰化人を官吏にして派遣した。帰化人は当然のことながら文治に習熟していたからである。養老のころの大隅の国司は陽胡（侯）という中国人であった。同四年、隼人は前記のように大いに反乱し、国司の陽胡を殺してしまった。大宰府でも隼人の猛勇には手のほどこしようがなく、ついに中央から政府軍が派遣されることになった。その総司令官が、酒と歌を愛して後世に名をのこした中納言大伴旅人《おおとものたびと》である。旅人はぶじ鎮圧し、首千四百余を朝廷に献じた。これを第一回の対日本戦争としよう。

ちなみにこれほど朝廷では隼人にてこずってきたくせに、隼人というのはよほど純朴で愛嬌のある種族であったらしく、中央ではこの種族を愛し、宮廷の雑用につかったり、宮門の番人にしたり、さらに滑稽なのは、朝廷で大きな儀式がおこなわれるときは宮門のそとに隼人をならばせ、「吠声《べいせい》」をなさしめたりしたことであった。

吠声とは犬のなきごえである。どういう声を出すのかよくわからないが、これは宮中の儀式に欠くべからざるものとして長く残り、幕末の嘉永元年、孝明帝の即位のつぎの年に京都御所でおこなわれた大嘗祭《だいじょうさい》の式次にすら、そういう近世になってすら、「隼人発声」というものがおこなわれた。むろんこのときの隼人はまさか、あの日本最大の雄藩になっている藩の士をつれてきたわけではなかった。朝廷の小吏がかりに隼人になり、裸同然のすがたで宮門のわきに立ち、門外にむかって一声二声高く吠えた。ということなどを考えてゆくと、薩摩隼人というのは存外朝廷に近い。憎々しく反逆するにせよ愛くるしくなつくにせよ、近畿あたりの他の諸国の住民よりも、上代以来中央政権と近い関係にあったことがわかる。薩摩の性格の一面である。

島津に暗君なし

二度目の中央に対する大いなる対抗ははるかに時代がくだる。秀吉の島津征伐である。ところで奈良朝のころからにわかに豊臣時代に降るという、そのあいだに薩摩になにがおこなわれていたのか、なにぶん中央から遠いことでもあり、記録にも乏しくくわしいことはわからない。

わからないといえば、史上のなぞといえるのはこの島津氏のおこりである。帰化人の子孫であるという説すらある。いや島津氏自身が、鎌倉時代には惟宗《これむね》姓を称していたから、帰化人を公称していたことになるであろう。惟宗というのは、この稿の京都の巻で書いた帰化人秦氏の直系のことである。この秦氏説とは別の帰化人説として鹿児島外史によれば、「惟宗王氏ハ劉漢霊帝ヨリ出ヅ」とあり、「遠クハ秦始皇帝ヨリ出ヅ」と自称する秦氏とはちがう。同書には遠く応神帝のころ海を越え日向の宮都にきたる、とある。どちらがどうなのかよくわからないが、さきに触れたように、大宰府は獰猛《どうもう》な隼人を鎮撫するために行政や文事に馴れた帰化人を薩摩と大隅の地方官にしたという。かれらはその後土着して私的勢力をつくったというから、その一派にあるいは島津氏の祖がいたのかもしれない。しかしながら江戸時代になって島津家みずからが作った同家の家系や家系伝説では遠祖は源頼朝の落しだね、ということになっている。

頼朝の子ならりっぱな源氏だが、しかし鎌倉時代の島津氏は源氏を称していないのである。藤原氏を称し、藤原氏の長者である近衛氏と特別な関係をもち、それが室町時代になって源氏の長者の足利氏が天下をとると島津氏もじつはわが家も源氏であると称するようになっている。結果からみれば中央の情勢の変化にともなって、自分自身の保護色を変えて行ったかともおもわれる。しかしそれにしても驚嘆させられるのは薩摩ほどの遠国にいて、よくぞこれほどに中央の動きに鋭敏であったものだということである。

これほどの鋭敏さは、日本のどの地方をさがしても絶無であり、これが薩摩人のなかに日本人放れした外交感覚と能力をそだて、関ケ原直後と幕末維新におけるかれらの外交政略のみごとさにつながってゆく。

島津家について、もっと語らねばならない。

「島津に暗君なし」

といわれてきた。江戸時代人もこれに感心したが、いまふりかえってもみごとな頭脳家系で、戦国期から幕末にいたるまで島津家は例外なく賢明な当主がつづいた。殿様といえば川柳作者にからかわれるように阿呆と相場がきまっていたような江戸時代にあって、これは歴史的奇観ともいうべきものである。

薩摩人は日本の傑作

さらに「島津に醜相なし」ともいえる。戦国後期以後の当主の容貌についてはほとんど肖像画——幕末には写真——がのこされているが、おどろくべきことに、そのことごとくが秀麗な目鼻だちのもちぬしで、このことについては戦前、ある歴史学者の会合で、たれかが、それを言った。そのとき席にいた黒板勝美博士がうなずき、

「なにしろ島津は八百年ですからね」

と同意したという。八百年という。島津家はすでに鎌倉体制において守護大名であった。その後くだって戦国期になると、鎌倉期の大名の家でなお家名と国を保っているのは、織田信長の勢力伸張期にあっては武田信玄の甲州武田家のみであった(のち出羽秋田に移された常陸の佐竹氏も古いが、これは鎌倉制では守護大名ではなく、地頭であった)。

さらに降って江戸期になってしまえばもはや鎌倉以来の大名といえば島津家一軒であ

る。あとの大名の家は近々一世紀以内に成りあがった出来星《できぼし》大名ばかりで、徳川家もその例外ではない。

しかも島津家はこれほど続きながらその家系は衰弱するどころか（家系というのは蓄電池が放電するように衰えてゆくものだが）、江戸期を通じて最大の雄藩であり、そのころの詩人をして「兵強く馬騰《あが》る」と感嘆せしめたほどに兵威が大きく、幕府ですらこれをおそれ、遠慮した。ついにその薩摩島津家が幕府を倒した。明治国家をつくる主動力になった。しかもこの家はいまなお衰えず、その血液は天皇家をはじめ日本の旧貴族のあいだで大いにひろがり、最大の大枝小枝をつくって繁茂し、これについては皇族や旧華族のあいだで島津家と血縁をもつ者、姻戚関係にある家があまりに多いために、名を鹿児島湾にちなんで錦江会という親睦団体をつくり、それが旧華冑界《かちゅうかい》で最大の団体になっていることでもわかる。

とにかくも治乱興亡八百年を通じ、その時間、空間のなかでこれほどの隆盛さを示している家というのは、世界中をさがしても日本と英国の王家をのぞいては島津氏のほかないであろう。これは島津家がえらいのか、それともその家をこうあらしめた薩摩人がえらいのか、両者一つ機能なのか、いずれにしてもこの歴史的奇蹟をつくりあげたかれらの能力を考えるとき、これだけで薩摩人というのは日本人のなかでの傑作といえるのではあるまいか。この薩摩人の能力についてはあとでも触れよう。

曲芸のごとき外交手腕

さて、話がとぎれてしまっている。薩摩の中央に対する対抗の歴史についてである。その二番目の大反抗ともいうべきものは秀吉政権の島津征伐のときであると、さきにのべた。

この戦争について鹿児島県知事の金丸さんはいう。ちょうどいまの経済事情とおなじですね、中央の大企業が地方の中小企業を圧《お》しつぶしにやってくる、あれとそっくりでごわんど？という。

薩軍はいまの大分県戸次《へつぎ》川畔で秀吉の先鋒軍を大いに破ったが、のち秀吉自身が九州に到着してからは天下の大軍にはとうていかなわず、退却に退却をかさね、ついに秀吉に薩摩の川内《せんだい》にまで攻め入られ、余力を残したまま和を乞うた。秀吉は石田三成を終戦処理官として薩摩に残留させた。ときに島津義久は、

「わが家はいったんは九州に覇をとなえ、家計が膨脹した。いまふたたび薩摩、大隅、日向《ひゅうが》の三州に閉じこめられたが、この三州からの収入では国政が保てない。どうすればよいか」

と、当時日本きっての財政通であった三成にきいた。三成は、「あなたは時代が一変したことを知らない」と、以下のことを教えた。

これまでの経済は薩摩もそうであるように一国々々の自給自足経済であったが、いまは関白殿下のご出現で天下経済になった。大坂がその中心であり、日本中の物資があつまって市が立ち、値がきまり、ふたたび地方に運ばれてゆく。貴国の米も国内需要のものをのぞいてすべて大坂に出し現銀に替えなされ。貴国の産物も大坂に売り、現銀にされよ。その現銀をもって大坂で必要な物資を安く買いなされ。それには帳簿の技術が要る。帳簿はこれこれであり、つけ方はこうである。

――と、財政的な帳簿から台所用品の小物帳簿までのつけ方を教えた。これによって島津家の財政はすくわれ、島津家は三成を多とするようになったが、同時にそれまでまだ隼人の域をさほどにも脱していなかった薩人にとって天地の価値がかわるほどの知的体験をしたことは、天下というものは怖れるものではなく大いに経済の上から利用すべきものであるということを知ったことであった。

かれらが南西諸島や琉球などを通じて貿易をする智恵をもったのもこのころからである。それまでの薩摩がせっかく唐物《からもの》が手に入りやすい環境にいながら、それをしなかったのは、売る場所がなかったからであった。ところが秀吉の天下統一によって、それを大坂に出せばすぐ現銀にかわるということを知った。利を得た。しかし島津氏にとってそんな利よりも大いなる利は天下の何たるかを知ったことであろう。

これはちょうど幕末の文久三年の夏、それまで攘夷にこりかたまっていた薩摩藩が鹿児島湾で薩英戦争をおこし、英国艦隊の砲弾のために鹿児島の町を焼かれたあと、ヨーロッパ文明の怖るべきことを知り、百八十度の転換をしてひそかに英国と手をにぎり、薩摩の物産を英商に売る一方、英国から兵器や機械を買い入れ、ついには慶応の末年、日本国（幕府）とは別個のいわば独立薩摩国としてパリの万国博にも参加（幕府にはむろん内緒だったが、現地の博覧会場で幕府側の委員と鉢あわせをし、口論し、パリの話題になった）するほどの秘密開化藩になってしまった。

秀吉との戦いにおいて日本を知り、英国との戦いから世界を知り、いずれも知っただけではなく日本機構や世界機構を百も利用してやろうという精神の積極性、その利口さ、理解力の柔軟さというのは、同時代の他の日本人にはほとんどみられない。いかに地理的条件を加算せねばならぬにせよ、豊臣政権成立前後における地方大ブロック勢力である仙台の伊達政宗、関東小田原の北条氏、中国の毛利氏、四国の長曾我部氏などが秀吉に併呑されるさいにとったおのれの始末のなまぬるさからみれば、ひとり島津氏のみは玉乗りの曲芸師のように弾みにはずんでいるようである。

幕末においても長州藩（毛利氏）は、当時の政府である徳川幕府から征討軍をさしむけられ、下関海峡では西洋の四カ国艦隊と戦って沿岸砲台を占領されるという二重の対外体験をしたが、しかし薩摩ほどあざやかな曲芸というものはわずかに高杉晋作が個人芸としてみせているにすぎない。

豊臣期や幕末における薩摩島津氏の転換のみごとさと機をはずさずに成長してゆくすがたは、要するに薩人がもっている固有の外交感覚と能力に帰納さるべきものであろう。この能力が、幕末、他藩人にとってはいかにぶきみなものであったかといえば、長州人は薩人を「奸佞《かんねい》」であるとし、高杉晋作などは、

「夷人の靴を頭にのせるとも薩摩とは手をにぎらぬ」

といったことでもわかる。幕末の薩摩は長州とともに日本改造派であったが、文久三年夏には、なんと佐幕派代表の会津藩とひそかに手をにぎり、長州勢力を都から一掃してしまっているのである。それが慶応二年には土州の坂本竜馬の仲介により倒幕のために長州とひそかに手をにぎり、いわゆる薩長秘密同盟を仕遂げている。もはや曲芸も至芸というべきであろう。

この秘密同盟という外交の巧みさは、幕府側は屋台がくずれる瞬間まで気づかなかったことであった。あの鋭敏な徳川慶喜さえ最後まで薩摩を計算のどこかで頼りにしていたほどであり、慶喜は晩年になっても「長州は最初から幕府の敵として敵の姿をとっていたから自分はいまでも憎んでいない。憎むべきは薩摩の変身である」といっていたほどであった。しかし外交は倫理ではない。その技のあざやかさに勝負のきめ手がある。慶喜は薩摩に負けたのである。敗者はいさぎよくあらねばならぬとすれば、慶喜の薩摩憎しはやや未練たらしい。しかし慶喜としては憎悪も当然かもしれず、薩摩を憎むこと

が、敗者としての晩年のかれの支えであったかもしれない。

槍をとって山陽道を駈けた

その薩摩も、関ケ原では敗れた。

この関ケ原ノ役の前、たまたま島津義弘は大坂にいたので西軍、つまり石田三成方に加担するはめになったが(世間では大坂方が勝つという観測がつよかった)、連れてきている人数は八百人しかいなかった。義弘はこの軍勢の貧弱さを恥じ、国もとに何度か大軍を送るように催促したが、国もとでは理由は不明ながら応じなかった。この時期、いかにも薩摩らしい挿話がある。

薩摩に上方《かみがた》の変報がつたわったとき、領内の村々に住む武士に対しては人が走って声をもって伝えた。「ただし御家の方針としては援軍を出されぬよし」となれば、個人が自由意思で参加しなければならない。

中馬大蔵《ちゅうまんおおくら》といった男は田を耕していたが、変報の声をきくや田のあぜに突き立ててあった槍を抜き、家にも帰らずに、駈けだした。前をゆく男があり、その男に飛びつき、具足をうばい、「お前《まん》さアはおいの家へ行っておいの具足をもってゆきなされ」と言い、そのまま九州を北上し、山陽道を駈けに駈けた。こういう薩摩人が、毎日のように山陽道を三騎五騎と駈けすぎた。

薩摩から上方へはるばるとのぼってゆくなど、気の遠くなるような旅であったが、かれらは容赦会釈もなしに駈けて義弘の軍に参加した。すさまじいエネルギーと行動力であり、この種の人間がいる国も、数百年を通じて薩摩しかない。一つは島津家の武士教育によるものであったが、ひとつはやはり隼人の血とはそういうものかもしれない。これでやっと島津義弘の部隊は千人前後になった。といっても五十七万石の宇喜多秀家が一万七千の兵を動員して関ケ原に出陣していることからみれば格段にすくない。

関ケ原ノ役の西軍の実相はすでに戦わざる前に負けている。家康方の裏面外交が功を奏し、内応者があちこちに出ており、そのうわさが西軍各陣地に飛び、諸将はたがいにうたがい、結局奮戦した将といえば石田三成、宇喜多秀家、大谷吉継ぐらいのものであった。

島津義弘、剃髪《ていはつ》して惟新入道といった島津の将はときに六十六歳の高齢である。かれの勇名は朝鮮ノ陣で大いに高く、泗川《しせん》では戦史にもまれな大勝を獲《え》、明・韓両軍から鬼《き》上官《じょうかん》といわれて怖れられた加藤清正同様、石曼子《シーマンズ》とあだなされて恐怖された。

壮烈、前方への退却

ところがその義弘が、関ケ原の開幕から終幕まで六時間のあいだ一発の弾もうたず、一人の兵もうごかさず、石田陣の隣りの藪の中でしずまりかえったままであった。かれにすれば事前における味方の形勢からみてこれは負ける、とみたのであろう。負ける以上は戦わず、事後において敵の家康に渡りをつけるべく不戦の事実をつくっておこうとしたのであろう。

島津家の、そういう形容がつかえるとすれば凄烈といっていいほどの対家康外交がすでにこの戦場においてはじめられている。

戦いが終わった。戦場を駈けている者は東軍の将士だけになってからはじめて島津勢はうごいた。退却しなければならなかった。しかしすでに敵中に孤立している以上、退き口がなかった。島津勢はなんと前にむかって退却しはじめたのである。東軍の主力軍が総がかりで島津勢に襲いかかり、薩人たちは主将義弘一人をまもるために薩摩でいう「捨てがまり」の戦法をとってつぎつぎに死んでゆき、義弘の孫豊久も義弘の退却を掩《えん》護《ご》すべく殿戦し、烏頭坂《うとうざか》の手前あたりで敵をひきうけ、敵の槍を同時に数本身に受け、何度か空中にはねあげられたという。

主将義弘がようやく戦場を脱し、伊勢から伊賀にぬけたときは、千人の薩摩人がわずか八十人たらずになっていた。

島津の外交政略のおもしろさは、この戦後始末のなかにある。当然、とりつぶされねばならない。同様の例をもとめれば土佐の長曾我部氏も西軍に属して関ケ原に出陣しながらその陣地である南宮山のふもとからうごかず、ついに一発の弾も家康の軍にうたずして潰走した。しかしながら家康は長曾我部氏から土佐をとりあげてしまい、国主の長曾我部盛親を放逐した。

毛利氏に対しても同様であった。毛利氏も南宮山の山上にあり、しかし西軍のために働かず、一発の弾もうたなかったが、家康は毛利氏から中国十カ国にまたがる百二十万石の所領をとりあげ、わずかに防長二州三十七万石だけを残した。

ところが、戦場で右の二氏とおなじ態度をとった島津氏は、前への退却戦を決行したときに多数の東軍を殺傷した。それだけ戦犯としての罪はおもいが、しかしその薩日隅《さつにちぐう》三州の本領は傷つくことなく安堵されている。

この外交には、二年半かかった。島津氏は本国に逃げ帰るや、国境の要所々々に防塞をきずき、百姓まで動員して戦備に従事させ、国をあげて決戦の態勢をとった。それをしつつ重臣の鎌田政近を上方で活躍させ、伏見にいる家康と折衝させた。

西軍参加の事情についてるるとして陳弁する一方、もし家康が承知せねば薩摩へござるべし、決戦つかまつるべし、といったふうの短刀をちらつかせつつ折衝した。弱者がやりうる最高の外交政略とは、そういうものかもしれない。

家康は当惑したであろう。家康にも重大な弱みがある。なるほど天下の兵をあげて島津征伐にかかれば勝つには勝つが、島津のほうもその国土にあって一騎々々が山々谷々にたてこもり鬼のようになって防戦するであろうし、それに遠国のことでもあって平定には相当の時間がかかる。家康の天下はまだやわらかい。そのあいだに諸方の国々が反乱せぬともかぎらず、天下が乱れればせっかくまわってきた天下の権を、家康はその掌の間からおとさざるをえないであろう。島津側も家康のその弱みを知りぬいていた。

家康はここで、相手が長州の毛利氏や土佐の長曾我部氏なら、否といえたかもしれない。右の両家は関ケ原ではただひたすらに潰走し、戦後処置のときには低身して謝罪をくりかえすのみであったが、島津氏のみは退却戦ながら関ケ原の戦場を前へ縦断し、千人が八十人になるまで奪戦したという類例のない勇気をすでに天下に示しており、外交が決裂すればその勇気をふたたび南日本三州の地で演じてみせるという無言の恐喝を家康に対して加えていた。

薩摩人が指導者だったら

家康は、例外として島津氏を安堵するほかなかった。これが、薩摩人が体験した全日本をむこうに回しての三度目の大立回りである。

四度目の体験は、幕末・維新にかけての倒幕と新政府樹立という、薩摩史上もっとも栄光にみちた場面になる。この大芝居の仲間は長州藩と土佐藩であったが、長州の革命活動はややヒステリカルであり、土佐藩の場合は藩主山内氏はうごかず、関ケ原でとりつぶされた長曾我部侍（土佐郷士）が個人として幕末の騒乱に参加した。この三藩のなかで重鎮といえるのはむろん薩摩藩である。

藩内では洋式産業や洋式兵器を大規模に用意しつつ、それをうごかさず、実力による無言の威圧を幕府に加えつつ革命の最後の段階――鳥羽伏見の戦い――でそれを用い、幕軍を潰走させた。

先般なくなった島津家の当主忠重氏（明治十九年うまれ）は、かつて「炉辺南国記」という回顧録を書き、そのなかで「もし薩摩人が昭和十年代の日本を担当していたなら太平洋戦争はおこさなかったでしょう」という意味のことを物やわらかな語り口で書いておられるのは、薩摩人の思考法をよく知ったことばというべきであろう。薩摩人は思考法だけでなく、日本人のなかでは例外といっていいほどの豊富な体験でそれを裏打ちしていた。

五度目の体験は、西南戦争である。

以後、薩摩人におけるその集団的威力は歴史から消え、あとは個人として日本に参加し、大正、昭和とつづき、いまは平均的日本人になってしまっている。しかしこの桜島のみえる国にはなお歴史の熱気――あるいはにおいか――そういうものが、海の青、山のあらしのなかに立ちこめているようでもあり、そういう気体が、Tさんのいうようにわれわれ旅人をしてふと日本の来し方ゆくすえなどを考えさせるのかもしれない。

桃太郎の末裔たちの国〔岡山〕

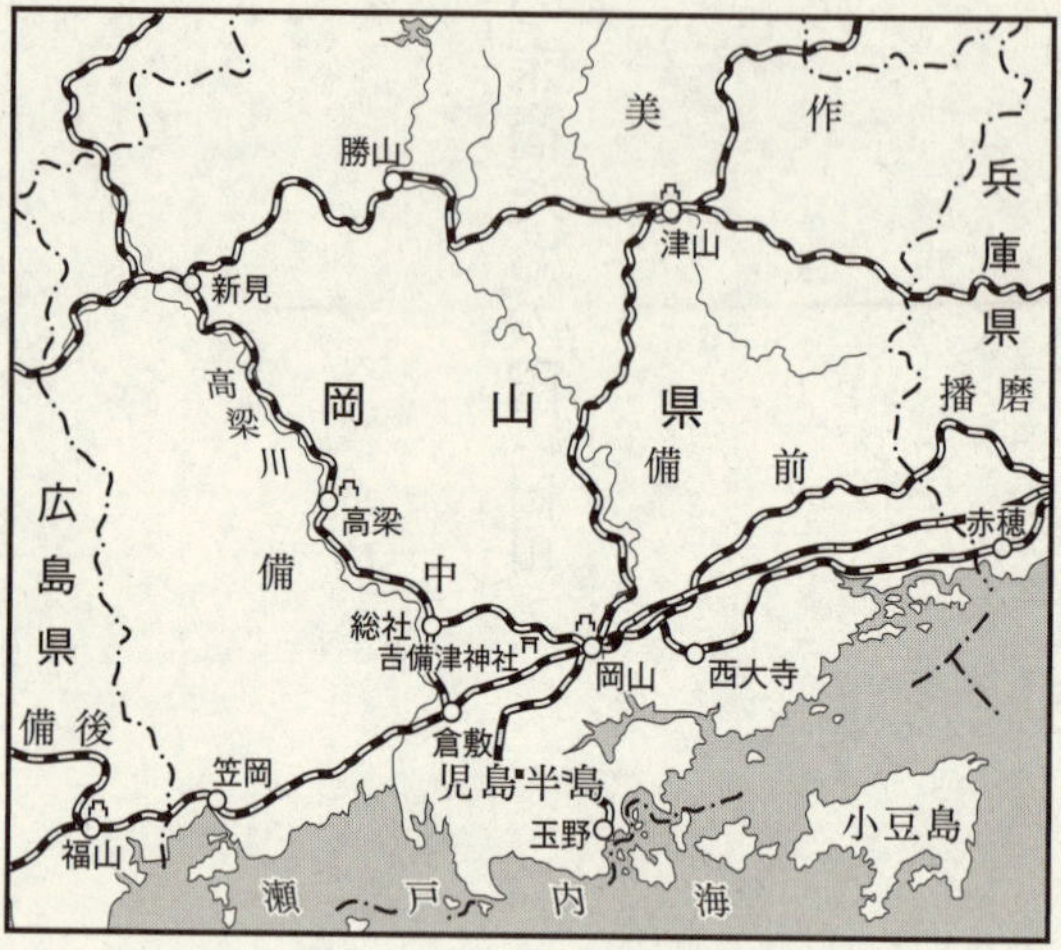

美
作
兵
庫
県
勝山
津山
新見
高
梁
川
岡
山
県
播
磨
備
前
広
島
県
高梁
備
中
赤穂
総社
吉備津神社
岡山
西大寺
備
後
倉敷
笠岡
児島半島
玉野
小豆島
福山
瀬
戸
内
海

たしか昭和二十年代のおわりごろだったか、地下鉄の車中で雑誌をよんでいたら、「岡山県人は日本のユダヤ人である」という意味のことをある評論家がかいていた。

(日本にもそれほどすばらしい地域人がいるのか)

とおどろき、よほどおどろきが強烈だった証拠に、そのときの車内の暑さや通過しつつある駅名までまざまざとおぼえている。しかし岡山県人としてはこういうレッテルは不愉快きわまりないことであろう。ユダヤ人的という語感が世界のどの国でもいい意味につかわれることが少なく、無国籍思想、利潤至上主義、拝金主義といったことばに通じているからであり、われわれが国家を背負っているかぎり、永遠にぶきみがられてゆく。

その論拠はわすれた。

「岡山県人にゆだんするな」

「Tさん、こんどは岡山へゆこう」

といったとき、私はそのことがあたまにあった。はたしてこの県の人間風土はユダヤ的なのかどうか。

が、Tさんは、はなはだ意気ごまず、「なるほど岡山県ねえ……」と返事が冴えなかった。わざわざ日程を割き、東京からキップを買って東海道と山陽道をゆられてはるばると出かけるだけの価値がこの県にあるのか。

「価値はある」

と、私は押しつけた。岡山県といえば日本でも有数の頭脳県とされている。ここから輩出した秀才官僚、軍人、学者はあげてかぞえるにたえず、いまでこそ日本中が教育ママのるつぼになったが、この県はそういう点での先駆県であり、明治以後、女学校の数が人口密度に比して全国でもっとも多く、それと相まって上級学校への受験組の歴史の古さからいっても、他県はとうてい岡山県におよばない。

「なるほどねえ」

とTさんの返事は煮えきらなかった。要するにアテネをおもい、スパルタをおもい、ローマをおもう心が歴史への旅情の原型であるとすれば、いま岡山県ときいても感動もおこらねば感傷もそそられない、そういう県にゆく気がしない、というのである。なるほどそういわれてみれば岡山県は魅力ある先入主をもっていないことはたしかである。

「しかし」

と、私はいった。

「倉敷もあるぜ」

この一言で、Tさんの旅情はにわかにおこったらしい。倉敷市は岡山県に属していながら人文的にはべつだというあたまがTさんにも一般にもあるらしい。さらには旧分国からいってもべつべつである。岡山県は備前、備中、美作《みまさか》の三国から成り、岡山市とその周辺は備前であり、倉敷をふくめて高梁川《たかはしがわ》流域は備中であり、津山市を中心とする山間部が宮本武蔵をうんだ作州である。気候風土もちがえば人情も歴史もちがう。ユダヤ人といわれた岡山は、おそらく備前地方の印象なのであろう。

結局、Tさんは腰をあげた。

車中、ユダヤ人的ということを考えた。私は自分の友人知己のなかから岡山県人を十七人おもいだすことができた。みなふしぎに才智に長《た》けたひとたちであったが、そこからユダヤ的なものを共通項にすることは不可能であった。

しかし戦前、官界や軍人の世界では、

――岡山県人にはゆだんするな。

といわれていたという。

それで、おもいだした。むかし私の友人のRが、「おれの父は妙な遺訓をのこしたよ」といったことがある。Rの亡父は陸軍中将で岡山県出身であった。Rが就職したとき「おまえは本籍は岡山県だが、東京のうまれだからその東京でおしとおせ」と亡父はいった。「岡山出身だというな。おれは岡山ということでどれだけ警戒され、そのためよけいな気をどれだけつかってきたかわからない」というのである。軍人の世界の一部にあった岡山県についてのそういう妄説はどこから出てきたのであろう。

陸軍の〝宇垣アレルギー〟

唐突だが、宇垣一成《かずしげ》が岡山県人であるということと多少はかかわりがあるだろうか。

この大正末期から政界の惑星とされつづけた軍人は、明治元年備前地方の潟瀬《かたせ》村の農家にうまれている。名は杢次《もくじ》であった。陸軍士官学校に入った。「日本一に成る」ということで杢次を一成に改名したほど、宇垣はあくがつよい。宇垣の壮年期までは薩長閥の全盛期であり、備前岡山人である宇垣は、もしこの世界で立身しようとおもえばその両閥のあいだを游泳してそのどちらかに属し、他県人であるために嫡子になれなくてもせめて養子になろうとした。尉官時代は戦術の天才といわれた薩の川上操六に愛され、いわば薩閥の養子であった。川上が死に、陸軍の主導権が長州閥ににぎられると、田中義一の弟分になり、薩閥代表の上原勇作元帥の隠然たる敵になった。

陸軍の薩閥からみれば宇垣はコウモリのような男である、ということになり、宇垣の存在がめだちすぎるために岡山人とはああいうものではないかという、いかにも軍人が作ったらしい粗雑な定型がそこにできたのではあるまいか。宇垣は陸軍の派閥抗争史（これほど愚劣な歴史もあるまいが）における第三勢力の雄であったために敵が多く、そのうえかれは世間がトウトウとして軍人をきらった大正時代に将官になり、大正十四年加藤高明内閣の陸軍大臣として四個師団を軍縮の血祭りにあげてしまった。世論のうけはよかったが軍人なかまから恨みを買った。やがて時勢がかわって軍人の世になり、宇垣は昭和十二年広田内閣のあと組閣の大命を受けたが、陸軍部内は大いに宇垣アレルギーをおこし、「宇垣を総理大臣にするなら陸軍大臣は出さない」と抵抗し、このため組閣が流産した。

昭和期を通じ一部では未知数の大政治家として期待をもたれながら、かんじんの出身地盤である陸軍からこれほど警戒されきらわれた人物もない。喬木《きょうぼく》は風に傷《いた》められるという。宇垣は何といっても大正、昭和二代にわたっての喬木であったがためにかれの個性や政治行動についての批判から、そのまま岡山県人の県民性がひきだされてきたきらいがないでもない。

岡山駅についたのは、昼すぎであった。私はあたらしい土地に入ったとき、たいていはその町の図書館へゆく。

——県立図書館はどこですか。

とたずねたずねてゆくと、とうとう烏城《うじょう》の城内に入りこまされてしまった。城内の軽食堂のような店に若いおまわりさんが腰をおろしていて、この人だけが県立図書館の所在地を知っていた。「こんなところへきたらいけんがな」と警棒で地面に地図をかいてくれた。一キロほど北東の天神町であるという。

明哲保身のすれっからし

「ついでにお城をみましょうか」

とTさんがいってくれたが、新築の城でもあるし、それに旅人を城頭にのぼらせて感傷にふけらせるほどの悲愴さも、心を高鳴らせるほどの勇壮さもこの城の歴史はもっていない。備前岡山三十一万五千石のこの居城は、徳川期を通じて巨大な存在ではあったが、その点でも宇垣一成にやや似ている。印象は巨大ではあっても実体は明哲保身そのもので、すすんで火中にとびこむような姿を日本史に印したことは一度もない。

幕末にも、うごかなかった。

「これだけの学問藩が、ふしぎですね」

と、降りながらTさんがいった。幕末にあっては文教のさかんな藩は左右いずれの方向にせよ、天下のために沸騰した。藩がうごかなくても、若狭小浜藩から梅田雲浜《うんぴん》が出てきたようになにがしかの者が時勢のなかにおどり出てきた。結果からみれば岡山の学問というのは天下のための学問（当時の学問は朱子学にせよ陽明学にせよ、そういう性質のものであった）ではなく、一藩保全のためのそれか、個人の保身のためのそれかといわれてもしかたがなかったであろう。

「それはそれで、あぶら汗のながれるような苦心が必要だったのではないでしょうか」

と、Tさんはいった。

まことにそのとおりで、岡山藩は山陽道の要衝に城と領土をもっている。当時志士がむらがり出た九州・長州と京都との中間にあり、時勢の足音ははげしく城下をゆききした。西隣りの芸州広島藩などはその西隣りの長州藩の影響をうけてはなはだしく左傾したが、岡山藩はあくまでも一藩のからにこもった。

「宿場町ですからね」

と、図書館にゆき、いろいろ岡山ばなしをきいているうちにどなたかがこういった。どうしても人はすれっからしになりがちだというのである。時勢に昂奮するのは僻地の藩であり、こういう天下の公道の目抜きの一等場所にある藩はそうはいかないという。

「むかしから道をきいてもそっけないといわれますし（偶然ながら私の場合もそうだった）、宿屋の評判もよくないんです」とも言われた。

備前岡山の歴史のおもしろさは、いっそそういうひらきなおったところにあるのかもしれない。

私は、戦国期にこのあたりの成りあがり大名だった宇喜多氏に対し、ふるくから興味をもっている。宇喜多家を興したのは、梟雄《きょうゆう》といわれた直家である。はじめ宇喜多家は備前地方の小豪族にすぎなかったが、直家が十八歳のとき国主の浦上氏につかえることによって運命がかわった。「野史」によれば宇喜多直家は美貌の少年であったため、男色をもって寵せられ、やがて重臣に列せられた。その後の直家の勢力拡大の方法はすべて謀略によるものであった。

いま岡山市の西郊にある関西高校付近に富山城という田舎城があり、松田左近将監《さこんしょうげん》という者が城主だったが、直家はこの城がほしいとおもい、このため自分の妹をあたえ、ゆだんさせ、大いに交際するうち松田の老臣二人を人知れずに密殺し、ついで松田を謀殺し、熟した果実を掌にうけるようなたやすさでこの城とその所領を得た。ついで直家は浦上氏最大の勢力である中川備中守の城と所領をうばおうとしたとき、まずその娘を自分の妻として申しうけ、婿になった。のち狩りにかこつけて備中守の城に入り、酒宴をひらき、備中守の酔ったところを見すまして殺し、一挙に城をとっている。

このようにして直家は主家浦上氏をしのぐ勢力になったが、永禄四年（桶狭間合戦の翌年）理由をかまえてこれをほろぼし、直家は岡山城をきずいてここを備前における中心地とした。直家はその後美作にまで手をのばしてゆくが、大小の城をおとすにあたってはほとんど野戦攻城などというはなばなしい合戦はせず、すべて謀略と謀殺と暗殺という裏面手段をもちいて版図をひろげていった点、戦国期の英雄どものなかでもめずらしい型に属するであろう。

備前浪人は召しかかえるな

直家の晩年、織田氏が中央の大勢力として急速に成長しはじめた。直家はこのころまでは西方の大勢力である毛利氏（居城広島）に属し織田氏と対戦していたが、途中、織田氏の勢力がより強大とみるや、ひそかに内通し、毛利氏を裏切った。これによって織田氏の対毛利ぜめの司令官である羽柴秀吉はその前進基地を岡山まですすめることができた。毛利との対戦中、直家は五十三歳で病死した。臨終のとき、羽柴秀吉の手をとり、

「わが子（秀家）がまだ幼いことがなによりもの心残りでござる。ご自分の子ともおぼしめされて慈《いつく》しんでくださいませぬか」

といった。直家にはわかい妻があった。備前きっての美貌といわれたからこの点も心残りであったであろう。ところが直家の死の直後、この点につねにきわどかった秀吉は陣中でこの妻と通じてしまったようであり、その後も彼女を格別な者とし、大坂城内に殿舎をあたえて住まわせ、その子秀家については自分の養子とし、亡友との約束どおり備前岡山の大名としてとりたてた。

この宇喜多秀家は関ケ原ノ役で西軍に属してほろんだ。あと、家康の天下になり、池田輝政が家康の恩賞をうけて播州を得、のち岡山の城主になった。池田家はもともとは織田・豊臣家に歴仕した大名だが、輝政は秀吉が老衰してくるにつれて家康に接近し、ついには家康の娘督姫を妻にしてその婿になったため、関ケ原では東軍に属してはたらき、これによって徳川大名としての地位を大きく保全した。保身の成功者といえるであろう。

この間《かん》、重要なことを書きおとしている。池田家が岡山城に入る前に、ほんの一時期、宇喜多家のあとをうけて備前岡山五十一万石の大大名になってやってきたのが、小早川秀秋であった。秀秋は豊臣家の一門として関ケ原では西軍に属したが、戦いなかばで東軍へ寝返り、その陣地の松尾山からかけくだり、全軍をあげて西軍の陣地へ逆流したため戦勢は一変し、家康の勝利になった。家康はそのほうびとして備前岡山城とそれに付属する巨領をあたえたのだが、在城二年で秀秋が病死し、子がなかったためこの家はとりつぶしになった。大量の備前浪人が巷《ちまた》にあふれたが、当時秀秋の露骨すぎる裏切りは徳川方の大名のあいだでさえ評判がわるく、

「備前浪人はめしかかえるな」

というのが諸大名の態度であり、このため路頭にまよう者が多かった。こういう――つまり宇喜多、小早川、池田とつづく歴代岡山城主の利口すぎる行動と暗すぎる歴史的

印象が、そのままぬれぎぬとなって岡山県人のうえにかぶさっているとすれば、岡山県人としてこれほどばかばかしくも迷惑しごくなことはないであろう。

馬を秀才に乗りかえて

ところが封建時代のおかしさは、藩祖の歴史的印象がその藩やその国の世間的印象になってしまうことが多い。仙台藩伊達家は政宗によって武勇の藩であるという印象を得、米沢藩上杉家も謙信の名によって世間から尊敬され、またそれらの藩はそれらの遠祖の名を誇りにし、その精神を鼓吹することによって藩風をあげようとした。

また、たとえば土佐藩の藩祖山内一豊は関ケ原における事前の寝返り者のひとりであり、その寝返りの功で土佐一国を家康からもらい、いわば政宗や謙信の藩とくらべるとずいぶん威勢がわるいのだが、幕末にいたってもこの印象は世間からぬけず、京都などで土佐藩士が他藩士と酒をのんでいるときなど、他藩士はこれをさかなにしてからかい、

「それはそうと、尊藩の藩祖の君《きみ》は、関ケ原にていかなる御武功がござったかな」

とわざとそらとぼけて質問したりした。土佐藩士はこれをいわれることを極度にきらったが、幕末における賢侯のひとりにかぞえられる土佐侯山内容堂ですらこれを気にし、

「いまにみよ。もし天下に戦乱があらば馬を騰《あ》げて陣頭を駈け、海南男子の武勇を知らしめん」

といった。容堂の政治活動には曲折があったが、結局は土佐軍は官軍に参加し、この藩軍一手で東山道をひきうけて容堂の揚言どおり「馬を騰」げた。

しかし備前岡山藩は、勤王佐幕ともに馬を騰げなかった。いわば壮快な歴史をついにもたずじまいにおわったが、しかし明治の学校制度がととのうや、ここにいわゆる岡山秀才が殺到し、薩長出身の子弟をときに圧倒して軍、官界に進出した。一都一道二府四十余県のなかにはそういう面での個性的な県があっていいであろう。

桃太郎の気持でやる

私は、「吉備《きび》」という語感がたまらなく好きである。上古岡山県は吉備国といった。のち備前、備中、備後（備後国のみは明治後広島県に編入）それに美作をくわえて四カ国にわかたれたが、吉備といわれていたむかしは、出雲が大和朝廷に対する隠然たる一敵国であったように、吉備国もまた一個の王朝のすがたをとっていたにちがいなかった。鉄器が豊富であった。中国山脈で砂鉄を産したがために、武器、農具が多くつくられ、兵はつよく、土地ははやくからひらかれ、出雲とならんでいわゆる出雲民族の二大根拠地であり、その富強をもって大和に対抗していた。この点、岡山県は他県とはちがい、しにせが古すぎるほど古い。

この吉備国が大和国家にいつごろ従属したかはわからないが、従属後もしばしば反乱したらしい。

「温羅《オンラ》」

という悪漢が、当国最大の古社吉備津神社（岡山市）の社伝に登場する。悪党ながらおそらく気概にとんだ朝鮮人だったのであろう。族人をひきい、海をわたって日本に上陸し、最初は日向国に住み、つづいて、吉備国にあらわれ、「予は百済《くだら》王である」と称して、国中に君臨し、いまの総社市の阿曾のあたりに城をきずいた。記紀でいう第十代崇《す》神《じん》帝のころだというから、まことに時代は古い。社伝によればこの温羅がじつに兇悪で、近郷を荒らし、海に出ては船荷をかすめ、美女とみれば掠奪し、国中の者はこれを鬼とよんでおそれたという。吉備国の力ではこれをどうすることもできなかったから、国人たちは援《たす》けを大和にもとめた。大和から派遣された痛快無比な英雄が、吉備津彦（社伝では大吉備津彦）である。

「それが桃太郎ですよ」

と、この土地のひとはたれでもいう。桃太郎伝説こそ、岡山県人にとってギリシャ伝説中の英雄オディッセウスに相当し、不幸にも痛快さにとぼしい岡山県人史に清風をおくっている。岡山ではいまから大いに善事にはげもうとするとき、

「おれは桃太郎の気持でやる」

という。気はやさしくて力もちという桃太郎のこの単純で巨大な善をこそ、政治家の精神であるべきであるとしていたのは、さきに物故して名知事の名をのこした三木行治であった。

かれは桃太郎が好きなあまり顔まで似てきていたし、駅前に桃太郎像をも建てた。いま鹿児島県知事の金丸三郎氏が薩摩人気質の復興を県風作興の目標においているように、前岡山県知事はあたらしい岡山県人像のモトダネを桃太郎におこうとした。

もっともりくつをいえば、桃太郎伝説が岡山県に所属するものであるかどうかはかならずしもはっきりせず、この伝説の故郷は尾張にも讃岐《さぬき》にもある。

犬養毅とキビ団子の関係

さらにはまた吉備津彦とはなにものかということになれば、気の遠くなるほどのせんさくをしなければならない。吉備津彦というのは人の名前ではなく、たとえば大国主命が「大国の王」という普通名詞であるように、「吉備の男」という意味であるにすぎないのである。

社伝では第七代孝霊天皇の第三皇子で、第十代崇神天皇のとき西道将軍として中国に派遣されたというが、古事記や日本書紀をよむと、この間の関係が糸のもつれのようにややこしくて、たれが吉備津彦か読めばよむほどわからなくなるし、わかったところで記紀の記述そのものがあやしいとなってしまえば骨折り損というものである。

要するに伝説でいえば、吉備津彦という勇敢な大和朝の王子がいて、それが部将をひきいて海路吉備にやってきたということにしておけばいいであろう。

現に宮内庁もそうしているらしく、毎年、神社の上にある吉備津彦の山陵に対し、例幣の勅使がさしたてられている。この吉備津彦の部将のなかに犬養某命《いぬかいなにがしのみこと》という者がいた。これが桃太郎伝説における犬であるという。桃太郎からキビ団子をもらった犬養氏は、吉備津彦が死んでから神として仕え、吉備津神社の社家になり、はるばると後世へつづき、この家系から木堂犬養毅《つよし》があらわれる。生涯憲政擁護につとめ孫文の革命を支援し、政治家としてはめずらしく清潔な一生をおくったところからいえば、岡山県人のなかにおける桃太郎型であろう。

悪鬼の温羅はどうなったか。両軍大いに矢いくさをかわしたが温羅はついに肩に傷つき、降雨のなかを逃げ、洪水の河中へもぐったがやがてとらえられ、いまの吉備津神社の場所で降伏した。温羅の子孫も族党もどうやらゆるされて土着したらしい。

百済人温羅が悪漢とすれば、宇喜多直家などは桃太郎型でなく温羅型であるのかもしれない。そういえば宇喜多氏の先祖については百済人説が多く、「和気絹」という書物にも「能家（直家の祖父）ノ先祖ハ元百済国ノ王子ニシテ、兄弟三人船ニ乗リ、当国児島郡ニ着船ス」

という。宇喜多家でもそう称していた証拠に、能家の画像の賛に「上世百済国ニ居ル」とあり、この百済人の子孫が児島半島にすんで三宅姓を名乗り、わかれて宇喜多になったという意味のことが書かれている。

海音寺潮五郎氏もその「悪人列伝」（文藝春秋刊）で「朝鮮系の帰化人の末かも知れないとぼくは思っている」とかかれており、想像の飛躍がゆるされるとすれば、直家の先祖は温羅であるかもしれない。そんな空想は腹の足しにはならないにしても、岡山県の伝説と歴史のなかに善玉と悪玉とをくっきりともっているという点が、他の国土にくらべてよほどきわだっているといえるであろう。さらにこの場所から話を飛躍させれば、善悪の相剋はそのまま宗教にとってみごとな土壌といえる。

この県は、維新前後にふたつの大きな教派神道を発生させた。黒住教と金光教である。日本人は妥協性に富んだ思想的体質をもっているが、その点からいえば日本人ばなれのした不寛容さと非妥協性をもつ不施不受派（日蓮宗）を江戸時代にうみ、いまなお存続させている。明治後のキリスト教も、もっともはやくこの県に入り、受容された。宗教性にとぼしい高知県や鹿児島県などにくらべれば、岡山県の個性がよりはっきりするであろう。

救世軍の山室軍平も備中ながらこの県人であり、ソ連へ亡命した片山潜も若いころには教会に通ったというし、孤児院の父といわれている石井十次、思想家としては綱島梁《りょう》川《せん》、文学者としては正宗白鳥、倉紡をおこした大原孫三郎などみな若いころにはキリスト教に関心をもった。

倉敷・生きている小公国

この夕、われわれは備前から備中路に入り、倉敷の町にとまった。この町には、一種の香気がある。

「ちょっと独立地帯の感じですね」

とTさんが宿の窓から夕景をながめながらいったが、そういう実感を若い外来者にいまなおいだかせるところに倉敷の秘密があるであろう。話が外《そ》れるが、私はかつて中世の堺に西洋におけるフィレンツェの繁栄をおもいあわせてあこがれをもったことがある。戦国期に堺は自由都市であり、どの大名の制御もうけず町人の自治によって町が運営され、独自の政治意識と文化意識がそこでうまれたことは、われわれの日本史の栄光であった。私は中世の堺の町の姿を自分の脳裏に映像としてありありと再現してみたいとおもい、さまざまな資料も見、いまの廃墟（でしかない）堺市にも何度か行ったが、ついに不可能であった。

全盛期の堺は牢人《ろうにん》をやとい入れて傭兵隊をすらもっていた。その傭兵隊長はどういう顔つきで町の大路をあるいていたか。町の自衛のために町のまわりに濠がめぐらされ、土手がきずかれ、あたかも西洋の都城のように櫓《やぐら》さえ組みあげられていたというが、その風景はどのようなものであろうとおもい焦《こが》れたが、ついに映像をむすぶことができなかった。

堺は滅んだが、しかし倉敷は生きている。倉敷は堺の後輩といえるが、江戸期に誕生したがために残念ながら防戦用の濠も櫓もない。さらに堺のように海港ではなく、内陸の穀倉地帯にあるがために海上の荷物は運河のような川によってはこばれてくる。いまひとつ堺とちがうことは、徳川国家の監督をうけている。将軍の名代である代官が駐在している。

しかし代官はじかに町政にさわることがなく、富裕商人の合議による自治がおこなわれているあたりからのふんいきは堺とほぼかわらない。備前路から倉敷の町に入ると、Tさんの感慨のようにたれしもがここに小公国が息づいているという感じなのである。

「天領根性」

と、倉敷のひとは自分の町のほこりをそのような言葉でいう。隣り町である三十一万五千石の岡山城下の武士や町人を見くだしてそう言いつづけてきたのである。この町に天下の富があつまり、自治が存在し、数百年の日那文化が息づき、日本にはめずらしい「公共」という観念がこの町を支配し、たとえば街路にちりひとつおとす者もいない。

「……じっさい私の町は白くて明かるい町、そしていかにも昔風の田舎の大家といったような感じをあたえる町だった」と、この町の素封家《そほうか》の出身である山川均がその著「山川均自伝」（岩波書店）で書いている。橋はすべて石造であり、小道には石畳がしかれ、白壁と貼瓦《はりがわら》でかためられた恒久度のつよい蔵や家屋がたちならび、一年のうちに二百余日は晴天であるという瀬戸内海の海明りに映えつつその聚落を保ちつづけている。

安政年間以後は、自治のための年寄が家屋敷をもつ戸主によって公選された。そういう年寄いわば町会議員は毎朝定刻に当番の者の屋敷の路上にあつまり、その家から番茶いっぱいのふるまいをうけてその日の町政を議し、書方が記帳し、やがて家々に散ってゆく。

「この家あたりの軒下でしょうか」

と、この日の夕ぐれ、Tさんは町をあるきながら、ふとそのへんの家の軒下に立った。下津井屋といわれた家の前である。おそらく大原家の路上でもおこなわれたろうし、山川家の軒下が使われた日もあったであろう。

ここに根づく公共のこころ

このような倉敷の資産家たちのほとんどが明治後産業革命の波にあらわれて傾き、新規事業をした大原家ぐらいが栄えた。先代孫三郎というひとは複雑な個性のひとであっ

たが、岡山県における桃太郎型の巨大な代表者で、

「なにが善であるか」

を生涯追求した。蓄財を一種の悪徳と見、これを社会に還元することをかれの善とした。大原社会問題研究所、倉敷労働科学研究所、大原農業研究所といったそれぞれの分野で大きな業績をのこした研究機関も、すべてかれの一建立《いちこんりゅう》でできているし、ほかに倉敷中央病院があり、さらにいまの倉敷の象徴ともいうべき大原美術館とその収蔵品、民芸館などがあり、これらのしごとはその死後、相続者の総一郎氏に継がれ、拡充された。岡山県の精神風土はじつに複雑であるが、倉敷のこの父子のこういうあらわれかたは、「公共」というこころがよく発達していた倉敷の町の自治役人の家の伝統的思考法であるともいえるかもしれず、中世の堺の状態がいまなお残っているとすれば、大原父子のようなものは堺からも出そうであり、そういう理解の仕方が、倉敷を知るうえではいちばん素直なのではあるまいか。

翌日、備中路の古墳地帯をあるき、吉備津神社と吉備津彦神社をたずねた。Tさんの旧知である翁孝文氏が案内してくださった。翁さんは社家の出で、このめずらしい姓は、幕末までは息長《おきなが》とかいていたという。息長というのは上代の大族で、神功皇后もこの族の出身だし、応神天皇妃も彼女の名前から想像してこの族から出ている。犬養だけでなくそういう姓が残ってセビロをきてげんに倉敷国際ホテルの社長をされているというこ

とだけを考えても、吉備路の人間風土のふるさがわかるであろう。古い土地というものは一筋縄で観察できるものではない。

郷土閥を作らぬ南部気質〔盛岡〕

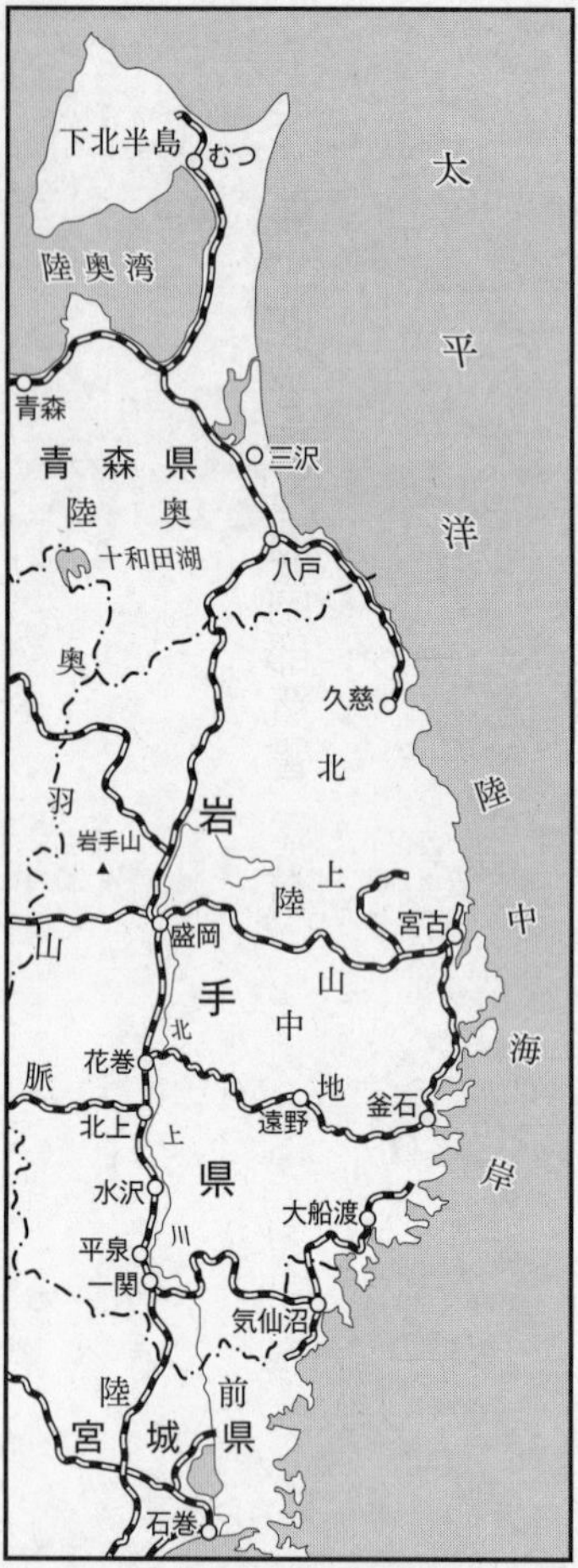

下北半島
むつ
陸奥湾
青森
青森県
陸奥
三沢
十和田湖
八戸
久慈
奥羽山脈
岩手山
岩手県
北上陸中山地
盛岡
宮古
花巻
北上川
遠野
釜石
北上
水沢
大船渡
平泉
一関
気仙沼
陸前
宮城県
石巻
太平洋
陸中海岸

金売り吉次と南部駒

われわれはいまから日本で最も大きな県へゆく。

岩手県である。

人口はともかくその面積のひろさは、一県をもって四国ひとつに相当するほどのものだが、江戸時代の地理随筆家の感覚ではさらに大きく感じられたらしく、

「その広大なること、およそ中国筋の十カ国にあたるべし」

と書いている。この天闊《ひろ》く地漠《ひろ》やかなみちのくの大域については、藩主の姓をとっていまもなお「南部」とよばれている。「南部の地、南北およそ八十里、東西三十里」と右の江戸期の地理書ではいう。地理書の筆者は、こころみに南の伊達仙台領の国境から出発して北端の津軽藩とのさかいまで歩いてみた。

縦断するだけでなんと十六日かかった。しかしながら「人家尤《もっと》もすくなし」とこの筆者はいう。かれの印象では村は五里に一村あるだけで、見はるかす野の多くは不毛の野

であり、源平いらい南部駒をもって知られる馬の放牧場が森のむこうのあちこちにひろがっている。これほど広大な南部でありながら、「米穀を産するにわずかに十万石」という。事実南部はこれほどの「大藩」でありながら支藩の八戸とあわせて十二万石にすぎず、幕末、これが二十万石の表高《おもてだか》に修正されたのみである。

「しかし、金売り吉次の国ですもの」

と、Tさんが出発にあたっていった。南部はTさんの故郷である。しかしTさんはそれをいわず、日本の中世の物語本にあらわれるこのふしぎな商人のロマンティシズムをもってこの国を象徴した。まことにそうであろう。吉次は奥州の砂金を南部駒の背につみ、はるばると都へのぼり、それを売り、都の絹や文物をもちかえって平泉の繁栄をたすけた。もちかえったといえば、吉次は、少年義経まで平泉にもちかえった。とにかくそのころこの奥州の中心はこの土地の平泉にあり、そこに都城をさだめる奥州藤原氏の勢威は中央に対して独立国の実質をもっていた。いずれにせよ、吉次が都へもってゆく砂金、そして奥の名馬がこのころのこの地帯の象徴であり、後世にいたってこの二つに南部の磁鉄鉱——釜石製鉄所——がくわわる。この三つでもって、この地帯は明治以前までの日本史に参加し、大きな影響をあたえるのだが、残念ながら人間はあまり参加しない。

人間は明治以後になって出てくる。ふしぎな土地である証拠に、出たとなればうずもれた宝庫がひらかれたようにして出てくる。明治以後の日本における最大の人材輩出県であり、くりかえしていうと、まぼろしの金売り吉次にひきいられたがごとく、ぞろぞろと中央に出て日本の近代を担当するのである。近代日本の担当能力をもった人材が、東京や大阪からあまり出ず、このような「五里に一村」という人煙のすくないところから出たというのはどういうことであろう。これはこの稿の主題のつもりだが、ゆるゆると触れねばならない。

精神のダンディズム

われわれは飛行機で盛岡までゆくことにした。南部の飛行場は、花巻にある。花巻はむかしは花《はな》ノ牧《まき》といったというから、中世のころには牧場《まきば》のひとつだったようにもおもわれるが、どうもこの地名は考定できないらしい。飛行機の高度がひくくなった。ベルトを締めながら窓をのぞくと、眼下ですでに南部の山野が動いている。この一枚の大地をいろどっている唯一の主役は、森であった。無数の森が点在してうしろへ動いてゆく。着陸し、「花ノ牧」から盛岡（かつては森岡といったそうだが）までのあいだ一時間あまりの風景も森と草が主役であった。道は森を拓《ひら》いて伸び、西側にはほとんど人家がない。土の肌はやや白味を帯びた赤土で（油彩のえのぐでしかこれは表現できまい）、おなじ森の多い県でも熊本県とはその点でくっきりとちがっている。熊本は阿蘇火山の灰のために土が墨のように黒いのだが。

「なぜ白いんだろう」

とつぶやくと、Tさんが小さく、

「花崗岩《かこうがん》」

といった。

なるほどそうにちがいない。盛岡城の石垣はことごとく花崗岩でできあがっていることでもわかるように、このあたりの岩盤はみな花崗岩だという。その成分である石英、長石、雲母が土にまじっているためもあって土がこのように白いのであろう。しかし森は黒い。針葉樹であるためであり、土のあかるすぎる色をひきしめている。南部といえば、われわれ県外人がスマートさと気品を感ずるのはこの風景のせいであるかもしれず、あるいはこの土地が明治後つぎつぎと生んでいった人物たちの共通のにおいによるものであるかもしれない。政治家でいえば原敬《たかし》、斎藤実《まこと》、後藤新平、米内光政、学問思想の世界では新渡戸《にとべ》稲造、田中館愛橘《たなかだてあいきつ》などに共通しているのは、日本的泥臭さのとぼしいことである。とくに原敬と米内光政、新渡戸稲造は精神のダンディズムを感じさせるが、これはこの風土のどういうあたりに根ざしているのか。

われわれは、盛岡市に入った。日本の県庁所在地のなかでもっとも美しい町といわれているだけに、樹木が多い。むしろ樹林という自然に遠慮をしながらコンクリートとモルタルの建物がひっそりと息づいているといった町で、町の郊外を北上川がながれ、天の一角を岩手山が悠然と占めている。

われわれは、旧知の太田俊穂氏を岩手放送にたずねようとしている。やがてこのテレビ会社の、ちょうど西洋の城塞をおもいきって簡素な線と面にまとめたようなふしぎな建物の玄関に立ったとき、声をあげそうになった。このテレビ会社そのものが森のなかにたっていることであった。しかも、ここは都心なのである。

「いいや、樹《き》を伐らなかっただけですよ」

と、社長の太田俊穂氏はいった。建てるとき、一本のサイカチも伐らず、自然に遠慮しながら設計したという。

この森の中のテレビ会社で、太田氏と一別いらいのあいさつをした。このひとはテレビ会社の社長というよりも、「血の維新史の影に」（大和書房）とか、「歴史残花」（時事通信社）といった歴史随想のすぐれた書き手として知られている。ちなみに、Tさんと私のいままでの旅はいわば風来坊の旅で、いつのばあいもその土地の権威者をおとずれたことがなく、方針として、ただその土地に行って空気を吸うだけのものぐさな旅をつづけてきたのだが、こんどの南部の旅は太田さんのおかげでその定例をやぶることができそうであった。太田さんは私との旧縁を尊重して、私の見聞のための支度をととのえてくださっていた。作家の鈴木彦次郎氏、岩手大学の森嘉兵衛氏、岩手日報社長の渡辺武氏、それに知事の千田正氏らが、待っていてくださった。

〝平民宰相〟原敬の怨念

その前に、町を歩いた。

原敬の生家もたずねた。

原家は二百何石かの藩士の家で、祖父の代には家老加判（藩の閣僚）もつとめた家である。かれは家柄についての誇りがつよく、いつのばあいもみずからを卑しくするような言動をとったことがなかった。原敬の活躍期を通じて、陰に陽にかれの頭上をおさえつづけてきた旧日本的な実力者は、長州出身の山県有朋であったが、山県がもっている絶対主義的志向、その陰険な権謀趣味、さらに異常なほどの権力への執心、そして勲章ずきについては、

――あれは足軽だからだ。

と、原は一言で片づけ、ひそかに軽蔑し去っている。原は「平民宰相」というあだなのとおり、爵位や勲章をもらうことを峻拒した。かれにとっては爵位や勲章は薩長藩閥のこけおどしというべきものであり、それをもらわぬところにかれの精神の基柱があった。大正十年、テロにたおれたが、かれは生前遺言して葬儀についてまで指示し、東京で営むことを禁じ、盛岡でとりおこなうべしと明記した。そのがんこさに周到な配慮が

ともなっているあたり、いかにも南部人であり、このフランス仕込みの当時のベスト・ドレッサーのチョッキの内側にひそみつづけてきた薩長的権威に対する憎しみと拗《す》ねは、もはや怨念《おんねん》にまでなっていた。その怨念はその雅号からもうかがえる。かれは、

「一山」

と号した。かつて奥羽の反薩長諸藩を征服した薩長人が、あらたにこの国の政治をおこなうにあたって奥羽の存在を嘲弄し、市《いち》の大安売りのように「白河以北一山百文」というふうに表現した。原はその嘲弄の二文字をとってみずからの雅号とした。臥薪嘗胆《がしんしょうたん》といったふうの、古代中国の故事にでも出てきそうなすごみがある。

さて。——

大坂ノ陣のアイヌ兵たち

その南部藩とはどういう藩なのか。

南部氏はふるい昔は、甲斐《かい》（山梨県）の豪族であったというが、どうもその発祥は伝説の霧のなかにある。その遠祖という者が源頼朝の挙兵をきくや甲斐からはせ参じたというが、「藩翰譜」の筆者新井白石も「そういうことは系図にもないし東鑑《あずまかがみ》にも見あたらない。おぼつかないことだ」と疑問をもっている。が、詳細はべつとしてその発祥は大名の家系としては最古に属し、鎌倉時代はくだらぬとおもわれる。

かれらは、一団の侵略者として渡海してきた。南部の海岸に上陸した。その人数は一説では主従八騎、一説では七十五人という。それが、甲斐の地方貴族の流亡者か、単に「武田源氏」を自称する流賊か、そこのところはわからない。とにかくも八戸に上陸し、越年して春とともに活動しはじめたところ、そこここから土着の侍どもがはせ参じてきた。原敬の先祖の原氏、板垣征四郎の先祖らしい佐々木氏、豊川良平の先祖らしい豊川氏などが土着組で、一番にはせ参じた郎党である。もっとも原氏の家系では「甲州より随従す」とあるから、このあたりも伝説の霧である。

いずれにせよ南部氏とその一統は、海をわたってブリタニヤの地に侵入し、原住民ブリトン人を征服したアングロ・サクソンのようなものであり、それが自称するように清和天皇の末孫武田源氏であろうと、あるいは甲斐の流亡の騎士団であろうと、日本的筋目などはどちらでもよく、むしろ渡海征服したという、いわばヨーロッパの肉食民族のような豪快なロマンをもっているということのほうが、はるかに極彩色的なたのもしさがある。芥川龍之介の「侏儒《しゅじゅ》の言葉」にも、われわれの歴史は倭寇《わこう》の侵略という事実をもっている、というくだりがあり、ヨーロッパ人とその文明のもつ動物的たくましさに対して、つい卑小になりがちなみずからを鼓舞している。

以後、戦国にかけて南部氏の版図《はんと》はひろがったが、この家は多くの戦国大名の家がそうであるように、記録者をもたなかったためにその間のことどもはよくわからない。たとえばアイヌのことである。戦国時代にもまだアイヌの部落が海岸地方に点在していたというが、実際はどのようなものだったか、よくわからない。大坂ノ陣のとき、南部氏は江戸の政権から出兵を命ぜられた。

——そんな遠い所へゆけるか。

という声が家臣のあいだにあがり、とくに雑兵どもがいやがった。そこで海岸地方からアイヌを徴募し、これに雑兵具足をきせてははるばる大坂へゆき、攻囲軍に参加させた。アイヌは勇猛であるという定評があったからひとびとが期待していたところ、いざ開戦で敵味方の銃砲声が天地をふるわしはじめるとともに、かれらはそのききなれぬ音におどろき、あちこちにげまわり、南部の士はかれらをとらえては陣地によせあつめるだけで大汗をかいたという。私は残念にもこの挿話の出典をわすれたが、まだこの江戸初頭のころでも、アイヌが南部で聚落を保っていたというのはおもしろい。

これよりさき、秀吉が中原《ちゆうげん》を制したころ、奥州南部の山野はまだ中世的なねむりのなかにあった。この中央の変動にいちはやく反応し、機敏なうごきをみせたのは南部氏ではない。南部氏の部将大浦為信という豪傑である。

不倶戴天の敵・津軽

大浦為信は身のたけ六尺あまり、漆黒のあごひげが胸まで垂れ、声はかみなりのようであったというから、当時の日本人の標準からいえば常識外の肉体である。為信の領地は津軽である。

「わが家は代々津軽（青森県）に住し、藤原氏の末孫」とも言い、「近衛家の支流」ともとなえたが、これも当時の都合であり、どうでもよい。この巨漢は南部氏から自立しようとした。このため秀吉に使いを出し、独立すべきことについて保護をもとめた。秀吉の新政権はそれをゆるした。為信は勇躍し、南部氏よりもさきに秀吉の拝謁をうけるため、海路日本海まわりで上方にゆこうとした。当時、奥州には大船がない。さらに時は八月であり、日本海はすでに荒れはじめている。為信はささやかな船を艤装し、いのちがけで荒海をわたり、途中何度か転覆の危険にさらされつつ、ついに秀吉のもとに行ってその謁をうけ、独立許可の確認を得た。

為信はこれによって大浦姓をやめ、はじめて津軽為信と名乗り弘前《ひろさき》城に住した。津軽十万石の祖であり、大げさにいえばいまの青森県という行政区域の親祖であるといえる。が、南部（岩手県）の連中はこれをゆるさず、津軽氏を叛臣とみた。このことがあって、南部と津軽は江戸時代を通じ不倶戴天の敵になった。

とにかく南部衆と津軽衆の仲のわるさについて本にまとめれば、百冊にもおよぶかもしれぬほどに挿話や事件が多いが、江戸末期に南部藩を脱藩した相馬大作が津軽の殿さまを憎み、ついに山林にまちぶせて、参覲交代で江戸へのぼろうとする津軽藩主の駕籠を狙撃しようとしたことでもおおよそは察せられるであろう。

南部の首都は盛岡だが、その副首都というべきものが八戸である。

「ところがいま、南部の八戸というのは」

と、Tさんがいった。

「青森県なんです」

岩手県ではない。

私は、ごく最近まで八戸市というのはうかつにも岩手県だとおもっていた。私のふるい友人である劇作家の山田隆之氏も出身は八戸だが、むかしから「南部八戸」とのみ言い、青森県といったことがない。なにしろ八戸といえば南部氏上陸の地で、いわば南部氏にとって発祥の聖地であり、鎌倉期以後ずっと南部領であり、江戸時代は盛岡の「大南部」という呼称に対して、「小南部」とよばれ、支族南部氏二万石の城下であった。明治政府はなさけ容赦もなくこれを青森県に追いやった。どうせ「一山百文」だという感覚だったのであろう。

なぜならばその反対側の佐賀県のことを考えてみると、よくわかる。もともと佐賀県ほど小っぽけな面積の県を「県」として成立させるのはむりなのだが、維新の功労藩である薩長土肥の肥が佐賀藩で、佐賀出身の江藤新平、副島種臣《そえじまたねおみ》、大木喬任《たかとう》といった新政府要人が「佐賀藩領をもって佐賀県とする」ということをつよく主張し、かれらの主張どおりになった。賊軍南部藩にはそれができなかった。このため八戸だけがきりはなされ、かれらともっとも仲のわるい「津軽衆」のいる青森県に入ってしまった。津軽衆にとってもうれしくなかったであろう。

ところがわずか百年という歳月では、八戸は青森県に嫁入りしたとはいえ、心はあくまでも実家の南部にとどまっている。新聞は岩手日報をも読み、テレビは岩手放送のものを見る。テレビについては八戸市は岩手放送に陳情してわざわざ八戸送りの中継所をたてさせるというほどの執心を示した。さらに八戸が工業専門学校の誘致運動をしたときも、青森県出身の国会議員にはたのまず、岩手県選出の議員たちに陳情してようやく成功させた。あくまでも実家をわすれぬという「小南部」人のこの情念のふかさはどうであろう。

人間への人懐っこさ

岩手県も岩手県である。青森県八戸市をいまなおことごとに面倒をみている濃《こま》やかさは、当節浮世ばなれがしているといっていい。「南部のなさけぶかさ」といわれる。それはこういうところにも出ている。

「やはり、詩でしょうか」

と、鈴木彦次郎氏がいわれた。南部人の文学的資質についての話のときである。ついでながらこの南部の地は多くの文学者を出したが、とくに詩人がめだつ。石川啄木、宮沢賢治、俳句の山口青邨《せいそん》、「酒は涙か溜息か」の高橋掬太郎《きくたろう》、現代詩人会の江間章子、それにバレエを肉体表現の詩であるとすれば小牧正英、といったふうに、このあたりに南部人の心情のこまやかさと深さの証拠をおけばどうであろう。しかもかれらは俳句の青邨をふくめてひどく人間くさく――というより、人間というものへのどうにもならぬ人懐っこさ、あるいは情死しかねまじい想い根の深さというものが共通している。

南部人というものの濃縮液がこれらの詩人たちであるとすれば、津軽への意味のない仲のわるさというものもなにやらわかるような気がする。郷土を想う心がのめりこむほどにつよすぎ、そのつよすぎる気持がひろがれば他郷への反感ということになり、要するに言葉をかえていえば、人間への関心の深さということになるだろう。

津軽のほうも、太宰治のような人間についての関心のふかすぎる（すぎればこそいいのだが）作家を出している。あれこれをあわせると、文学的風土としては南部も津軽も一つ地帯なのかもしれない。しいて差異をもとめれば、津軽は質感として重く、南部は軽くないにしても、どこか吹っきれてあかるいということであろう。

「あかるいといえば、このあいだの十勝沖地震のときですが」

と、Tさんはいった。あの地震は十勝沖という名称がついているが、実際の被害からいえば北部奥州の地震といったほうがいいほど八戸市とそのまわりが手ひどい目にあった。Tさんは故郷のことが心配でテレビの報道をずっとみていたのだが、「小南部」の被災者たちはばかにあかるくてマイクの前でにこにこしている。

「維新のごときも、そうですな」

と、鈴木氏だったか、岩手大の森嘉兵衛氏だったか、いわれた。あれだけひどい目にあい、一方では原敬的執念ぶかさという例もありながら、おおかたはそれほど恨みもせず、明治政府の試験制度にむかってあっけらかんと県下の秀才を送りだしているのである。もっとも、そういうもろもろの試験に受かることが「一山百文」の地帯としては自己救済の唯一の方法でもあった。

戦前のたしか米内内閣のときだったかに、総理大臣をふくめて旧制盛岡中学出身の大臣が四人もいた記憶があり、明治風にいえば、あたかも南部藩閥が現出したようであった。

が、南部人というもののおもしろさは、かれらはつねに個々にふるまい、かつての薩長人のように郷党という利益保護団体をつくらないことであった。知事千田正氏が若いころ、後藤新平に就職のあっせんをたのみに行ったところ、

「南部人なら自分で切りひらけ」

といって追いかえされたという。原敬にもそういう明快さがあったし、斎藤実、米内光政にもそれがあった。

また南部の共通点は、海軍の及川古志郎《おいかわこしろう》をもふくめて、容貌が茫洋としてなにを考えているのかわからないところがある。米内ほどあの時期黒白明快な（親英米派だったという点で）人物ですら、その表情からは思慮の細部がくみとれないというところがあり、斎藤実にいたってそれがもっともはなはだしい。二十年来のかれの主治医が、斎藤の死後、「ついにどういう人であるのか、まったくつかめなかった」と伝記作者に語っている。

斎藤実の個人的性格から帰納して南部人気質を語るのはむりだが、とにかく南部のひとびとがいまだに誇るのは二・二六事件で斎藤が射たれる瞬間のかれの態度が、平素とすこしもかわらなかったという点である。かれは大正八年、朝鮮総督のときも京城で馬車にのっているとき爆弾を投げられた。弾片が帯剣のベルトにつきささったが、かれは外貌ふだんのままで馭者《ぎよしや》にむかい、「いそぐな。静かに馬をやれ」といっただけだったという。かれは歴代の朝鮮総督のなかでもっとも韓人に評判がよかったが、その評判のもとは人としての優しさにあったらしい。

かれは在任中、自分の狙撃者の遺族にずっと金を送りつづけ、そのことを他にもらさず、斎藤の死後それがわかった。南部人のやさしさというものは、政治家のなかでは斎藤がもっとも濃厚にもっていたようにおもわれる。

東西南北と政治感覚

――東条英機《ひでき》のお父さんも南部人でしたね。

と、私は土地のひとにたずねた。

東条英教《ひでのり》のことである。英教は陸大の成績は抜群であったが、日露戦争の第二軍参謀のとき、作戦判断をあやまったことを理由に更迭され、陸軍中将でおわった。その子英機は東京うまれで学習院の出である。南部のことを語ったこともなく、その血はうけていない、という。東条家は江戸からよばれた能楽師の家で、南部藩にいたのは祖父一代だけであった。

「なににしても南部人は政治にむきません」

と、鈴木氏がいった。

西も東もわからないという言葉があるが、南部人には東西南北の方向感覚がまったく欠落しているという。

「地理的説明はみなみぎひだりだけで済ませています。自分の家が南むきか北むきか、すぐ言える盛岡市民はまれでしょう」

東西南北がわからないというのは、自分がいま置かれている関係位置がわからないということであり、とりもなおさず政治感覚がないということにもなるであろう。余談だが、西日本は東西南北で生活している。京都では東西南北がわからなくては道もあるけないし、奈良県ではお隣りという言葉はつかわず、「東ノウ（東の隣家）、西ノウ」という。土佐では百パーセント東西南北である。漫画家の横山隆一氏におしえてもらったのだが、横山さんのお父さんは子供に背中を掻かせるときに、「もうちょっと西、いや行き過ぎた。東へもどれ」といったという。横山氏の生地は土佐である。土佐人の政治感覚はひょっとするとこういうことにも根があるのかもしれない。

「学問をやってもおなじで」

と、森嘉兵衛氏がいった。基礎的な学問をやりたがるという。工業化学よりも化学、臨床よりも基礎医学をやりたがるし、どうやらそのほうに適性があるらしいという。第一義がすきであり、この点はこの南部出身の文学者にも共通している。江戸中期、八戸の安藤昌益の思想などはその最たるものであろう。この医師出身の思想家は封建性をはげしく批判したばかりか、ついに支配者のいない「自然世」の社会を理想社会とするにいたった。

幕末、南部藩は京の情勢にうとく、藩としてはなんの政治活動もしなかったが、個人としては二つの頭脳が南部人を代表している。ひとりは蘭学者で啓蒙家であり、その思想のために悲劇的な死をとげた高野長英（ただし伊達藩領水沢の人）であり、いまひとりは大島高任《たかとう》である。高野長英は知られているが、大島高任はさほど知られていない。大島は南部藩の典医の子で江戸や長崎で蘭学をおさめたが、むろん外国は知らない。が、安政年間のかれの理学知識のふかさは、ひょっとすると、同時代のヨーロッパで工業学校の教師がつとまるほどにすすんでいたのではないかとおもわれる。

この稿の第四章で、幕末における工業技術の先進藩が佐賀藩であることに触れた。その佐賀藩はペリー来航以前の嘉永元年から西洋式大砲を国産化することをはじめたが、試射において、七度失敗した。ことごとく破裂するのである。

「佐賀人は鉄というものの理を知らない」

と、当時長崎にいた大島は、ある夜、宿で友人に語っていた。それを隣室できいたのは水戸の藤田東湖であり、この縁で大島を水戸につれてゆき、大砲を鋳造させた。一度で成功した。安政元年のことである。が、大島自身、

「この大砲も、何発かで裂けるかもしれない」

と、水戸の連中に告白した。かれの理論からすれば、水戸も佐賀も日本古来の出雲砂鉄をつかう。それはだめで、大砲鋳造には磁鉄鉱によるズク銑鉄《せんてつ》が必要であるという。磁鉄鉱は日本にはない。わずかに例外として南部領釜石からそれが出る、といった。

結局は、大島は南部藩を説いて釜石鉱山を大規模に開発することになり、さらに藩を説いて熔鉱炉を建設する決断をなさしめた。それまで日本の西洋式製鉄といっても反射

炉であったが、かれと南部藩は日本最初の熔鉱炉三基を安政四年釜石につくりあげている。これ以後、諸藩が国産した西洋式の銃砲の鉄は、南部藩から供給を仰いだ。スエズ以東において近代式製鉄というものが、西洋人の手をかりることなしにすでに安政年間に出発しているということを、われわれは記憶しておかねばならない。

ふるてやにかなわぬ

第一義ずきの南部人は、伝統的性癖として商業や営利をいやしいものとしてきている。藩政時代も、長州藩が商業ずきで幕末において莫大な現金を貯蔵したのにくらべ、南部藩は幕末のぎりぎりまで経済行政がへたであった。盛岡城下の商権も、南部人がもっていない。東南アジアの商権を華僑がもってきたように、はるばると近畿地方から流れてきた近江人たちににぎられてきた。城下の富商のほとんどが近江人であり、

「ふるてやにはかなわない」

ということばさえあった。古手とは古着である。近江人は京大坂から女物の美しい古着を買いつけてきて南部人に売る。このため南部の城下では大家の奥さま連中が晴れ着をきていると、「よいふるてでございますな」とほめたという。

その近江商人も、こんにちでは全国的に凋落《ちょうらく》している。経済の主役が商業の時代であったころは近江の独擅場《どくせんじょう》であったが、工業にうつったときからその担当能力をうしなっ

た、ということはすでに近江の稿でふれた。

一国の大工業をおこすものは、別の能力と精神である。金利計算や損得に鋭敏なだけではたとえば工業開発という息のながい仕事はとうていできない。右の大島高任の例でもわかるように、明治以後、そういう分野のしごとは多く南部人が背負った。その例をこまかくあげたいが、すでに紙数がない。とにかく東西南北なしの南部人がもつ純理ずき、第一義ずきのきわだった傾斜が日本の歴史につきささっている場所はそのようなところであるようにおもえる。

義理で一藩をつぶした

……というところでこの稿を終わろうとおもったが、どうも気持が落ちつかない。南部人のもつ天地社稷《しゃしょく》に対するうらみというものをわずかしかふれずに終わったということに気づいた。

戊辰《ぼしん》のころ、南部藩は「奥羽列藩同盟」というものから加盟を勧誘された。勧誘者は仙台藩（伊達氏）と米沢藩（上杉氏）で、その趣旨は会津藩をまもって薩長に抵抗しようというものであった。南部藩は、それを承知した。

が、仙台と米沢はいわば一種の機略的性格をもち、薩長の優勢をみるや、自分が奥羽列藩同盟の主動者であったのにいちはやく薩長へ寝返ってしまった。あわれなのは南部藩であった。愚直にも列盟を信じ、官軍方の秋田藩に兵を出し、国境をこえて大汗かいて戦い、大いに勝ったが、その勝ちつつあるときにはすでに味方に仙台も米沢もおらず、結局は会津とともに賊軍グループに転落してしまい、戦後措置として痛烈な罰を東京政府からうけた。一時減封され、そういう藩の財政の苦境をすくうために藩士はことごとく家重代の刀剣や諸道具をうりはらった。

維新で極端な貧窮におちいったのは、会津藩と南部藩である。会津藩は過去の政治的いきさつからみてやむをえざる革命の犠牲になったとしても、南部藩はいわば隣りの仙台への義理で裏判をおしただけのことであり、それで身上《しんしょう》もなにもつぶしてしまったというあたりに、南部人のもつ石川啄木的悲哀と宮沢賢治的人のよさを感ずることができまいか。

このため、藩首相ともいうべき楢山《ならやま》佐渡は東京に檻送《かんそう》され、さらに盛岡に送りかえされ盛岡北郊の報恩寺で処刑された。佐渡の切腹の日、当時十四歳であった原敬は報恩寺の塀にちかづき「満眼に悲涙をたたえて歩いた」（太田俊穂氏「歴史残花」）という。後年、原敬は最後の藩閥内閣である寺内内閣をたおし、大正七年、最初の政党内閣をたてるのだが、その前年、盛岡報恩寺で楢山佐渡以下の戊辰戦争殉難者の五十年祭をおこない、みずから祭主になり、

「戊辰戦争に賊も官もない。政見のちがいがあったのみである。このことはすでに天下

にあきらかであり、諸子もって瞑すべし」

という意味の激越な祭文をよみあげた。

が、この四年後に原敬も兇刃にたおれ、その遺骸は血染めのフロック・コートとともに盛岡城下にかえっている。戊辰戦争は原敬の死の帰郷のあたりでようやくおわったといえるであろう。

忘れられた徳川家のふるさと〔三河〕

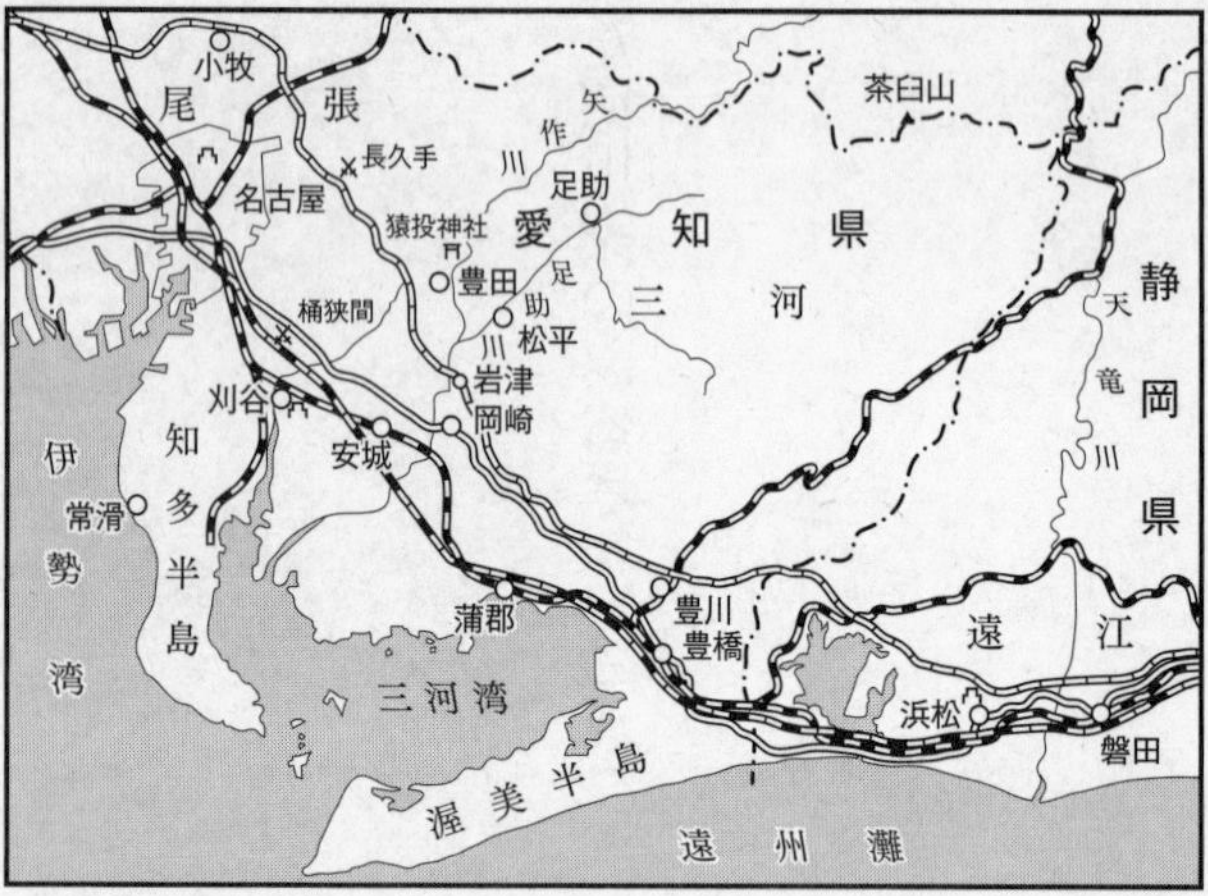

小牧
尾
張
長久手
名古屋
矢
作
川
足助
猿投神社
愛
知
県
豊田
足
助
川
松平
三
河
桶狭間
茶臼山
静
岡
県
天
竜
川
岩津
岡崎
刈谷
安城
知
多
半
島
伊
勢
湾
常滑
蒲郡
豊川
豊橋
遠
江
三河湾
浜松
磐田
渥美半島
遠州灘

「老中」は土豪の番頭役

徳川家康がその生涯をおわるにあたって、
「家政の制度をあらためてはいけない。三河のころのままにせよ」
といった。家をきりもりする番頭さんのことを、徳川家では老中という。小番頭を若年寄という。徳川家がまだ松平家といい、三河ノ国（愛知県の東半分）の小さな土豪にすぎなかったころから、この名称はあったらしい（老中はおそらく音《おん》よみせず、オトナ、もしくはトシヨリといっていたにちがいない）。

家康の先祖は三河国松平郷にいた。その山深い樹林に住むちいさな親分の家（ちゃんとした地侍ではなさそうである）のしきたりや名称が、その子孫の家康が天下をとるにいたって日本国の制度になり、いまのこどもたちも、歴史の時間の重要な項目としてまなばねばならない。それにしてもこの三河国松平郷とは、どういうところか。

——こんどは三河ノ国松平郷へゆこう。

ということで、Tさんと日を約束した。やがて八月盆がおわったあくる日、新大阪駅で愛知県地図を買い、新幹線に乗った。車中、マツダイラという活字をさがした。名古屋駅のホームで、東京からくるTさんと落ちあった。Tさんも車中でその山里を地図でさがしていたらしく、

「ここですね」

と、改札を出たとこで示した。

西三河の山中である。山間の聚落は古来、川筋に沿って発展してきたが、ここは川すらなく、川といえば峰をいくつかこえたところに足助川《あすけがわ》の渓流が流れているだけだが、しかし松平の里は地理的にみてその恩恵には浴しない。自然、戦国期の農業技術ではとてものこと米はとれそうになく、もし穫《と》れぬとなれば、当時はこのあたりにすむ以上、猟か、山仕事でもして生きるしかしかたがあるまい。

「すると、キコリや猟師の大将でしょうか」

と、Tさんの想像が飛躍した。歴史を考えるうえでそういう想像はたしかに価値があるし、考えられぬことはないが、しかし残念ながら文献がない。

文献がない以上、沈黙しておくほうがいいが、しかし、かすかながら想像のよすがになりそうなことはただひとつだけある。それは後述する。

ひとまずホテルに入り、念のため松平郷の所在をきいた。さあ、と、係のひとは知ら

ないらしくくびをひねった。このことは、私のこれからの行路への期待を大きくした。愛知県（三河国・尾張国）は徳川家発祥の地であるというのに、その遠祖がすんでいたところの、しかもその元姓《もとせい》である「松平」のおこりの里についてはほとんど知識がなさそうであり、そのことは、この山村がまだ観光の市場に売りだされていないということにもなるであろう。

宿が、車をよんでくれた。その車の運転手さんも、松平は知らなかった。運転手さんは地図をのぞきこみ、「ああ豊田市までゆけば」といった。

そこから山中にわけ入って二キロ強ほどのところにその地名がある。車が、走りだした。やがて東名高速道路に乗った。この道路は岡崎までしか開通していない。ただしわれわれは岡崎まではゆかず、その手前の豊田市で道路を降り、東への道をさがしださねばならない。

大久保彦左の暴露文書

松平（徳川）氏の遠祖はどういうひとか。

決して名族の出というものではなく、漂泊の乞食坊主であったということが、日本歴史のもつえがたいロマンの一つであり、日本民族が本来的な意味で無階級、平等の民族であるということであり、日本史の場合、かわりめごとに英雄があらわれて、かわりめごとに貴族（徳川時代では大名）を新設しても、数百年もたてばもとの木阿弥《もくあみ》になってしまうという、この民族社会での空気の対流のよさということにもつながってゆく。

徳川氏の名誉のためにいっておかねばならないが、日本では歴史的高所からみれば名家などというものは天皇家をのぞくほか、本来存在しない。

さて、その遊行僧《ゆぎようそう》である。室町の乱世にはこういう漂泊の者が多かった。時宗《じしゆう》というなんの戒律もない宗旨を奉じ、南無阿弥陀仏《なむあみだぶつ》をすすめてあるく一種の賤民で、村に入ると村の豪家に逗留《とうりゆう》し、先祖の供養をしたり、諸国噺《ばなし》をしたり、ときには色噺などもして、村びとをよろこばせ、村に倦《あ》きてくると、紹介をもらってつぎの村へゆく。どこで果てるのか、わからない。

ところで、この三河国松平郷にながれてきたのは、徳阿弥という男であった。いや、最初から松平郷にきたのではなく、近所の坂井（境・酒井）という村にきた。このありさまを、徳川家にあってのもっとも古い因縁の郎党である大久保彦左衛門が、徳川初期に「三河物語」というもののなかに書いている。

……十代ばかりも、ここかしこ、御流浪なされあるかせ給ふ。徳の代に時衆（時宗の徒）とならせ給ひて、御名を徳阿弥と申し奉る。西三河坂井の郷中へ立ち寄らせ給ひて御足を休めさせ、おりふし御徒然《ごとぜん》さのつれづれにいたらぬ者に御情をかけさせ給へば、若君一人出来させ給ふ。

彦左衛門はこれを書いた時期、徳川家に対し腹をたてていたから（大久保長安事件というものがあって）、その腹だちまぎれに徳川家の先祖はたかがこういうものだということを暴露してしまったのである（もっとも彦左衛門は書きあげてしまってから、この書物を筐底《きようてい》に秘め、門外不出としたが）。

要するに徳阿弥は坂井郷の豪家である酒井家に足をとどめ、そこの娘か後家か、とにかくそういう婦人と「御徒然さのつれづれに」と情を通じてしまい、子までうませた。この当時、遊行僧のそういう例はめずらしいことではなく、俚謡《りよう》にも「高野聖《こうやひじり》（遊行僧の一派）に宿かすな、むすめとられて恥かくな」という謡《うた》まであり、在所によってはこの手合をきらい、「夜道怪《やどうかい》」といったりした。

徳阿弥はよほど才智もあり弁舌もすぐれ、魅力のあった男らしく、近所の松平郷の豪家である太郎左衛門という屋敷に出入りし、そこのひとり娘にも子を産ませてしまった。やむなく太郎左衛門家ではこの徳阿弥を婿にせざるをえなくなり、相続させた。徳阿弥は髪をのばして松平親氏と名乗り、さきに子をうませた酒井家については、その縁でこれを松平氏の下に属さしめた。松平・酒井のつよい紐帯《ちゆうたい》はこのときに成立し、徳川家が天下をとったあとも酒井家は譜代《ふだい》大名のなかでも別格とし、大老の地位の約束された家柄になる。

この徳阿弥はいつごろの人かよくわからないが、「応永二十七年」という記録が一つある。とすれば足利四代将軍義持のころだが、いずれにせよ、家康が出るまでこの家系は三河で八代かかっている。徳阿弥はその初代だから、だいぶ古い。

ともかくも松平氏は山間の小部落のぬしである。むろん足利幕府の公認の侍ではないから、この程度の規模の家ならば、その当時でも全国で五万や十万軒もしくはそれ以上あったであろう。その程度の家が家康の父親のころには、三河半国の出来星《できぼし》大名にまでのしあがってゆくのである。

美女の舞踊を囮にして

理由のひとつは、歴代がそろいもそろってはたらき者であったことだ。いま一つの理由は、米のとれにくい（想像だが）山中の生活が、つねに平野進出へのあこがれと野望を充電させつづけたということもある。これはあたかも沃土《よくど》にあこがれたゲルマンの戦士団の事情と似ている。さらに似ていることは、山間部の三河人というのは狩猟が日常のはたらきであったために勇敢で軽捷《けいしょう》ということであり、戦士としては、平野にいる三河農民や隣国の尾張商人よりもはるかにすぐれた性能をもっている。さらにその保守性と団結性という点でも、チュートンの森の狩猟民族だったゲルマン人に似かよっているようにもおもえる。

「川筋に出たい」

というのが、初代徳阿弥以来のつよい願望であった。やがてその川をつたい、豊沃な三河平野へおりてゆきたい。

徳阿弥と二代目泰親の代ではそれは遂げられなかったが、峰々谷々に住む者どもを手なずけ、三代信光の代にいたって山中を押しだし、足助川の渓流ぞいにある岩津城を攻めここをうばった。砦《とりで》のような城だが、その城砦《じょうさい》の山にのぼれば西三河の平野を見おろすことができる。文明三年、信光はついにその平野の城である安祥《あんじょう》（安城）城をうばおうとした。その攻略法はのちの元亀天正《げんきてんしょう》期のような豪快さはなく、室町期の小豪族間のけんかがたいていそうであったように、じつに陰謀めかしい。七月十五日といえば盆踊りの日だが、この夜、信光は「若く美しき者」（女か、男かよくわからない。女であろう）十余人をえらんで敵なる安祥の西の野に出し、そこで鉦《かね》太鼓をたたかせ、輪を組んでさかんに歌舞をやらせた。

安祥の士はそれをきき、「何かは知らず、西の野で踊る踊りこそ法楽に踊るなり。いざや出て見物せんとて、城も町もうち明けて男女ともに残らずさきにと出《い》でける」（大久保彦左衛門「三河物語」）ということで、信光は別に伏せてあった伏兵を安祥城へ突入させ、一挙にうばった。後年、徳川家の旗本が、

「わが家は安祥いらいである」

と、その家系の古さを誇ったりしたのは、このときからの譜代という意味である。信光はそのいきおいを駆って、岡崎城をもうばった。以後、岡崎城は、家康にいたるまでの三河松平家の策源地になる。この三代信光はよほど野気に満ちた人物だったらしく多くの婦人と接し、その八十五年の生涯で四十八人の子を得た。この信光の多産が松平氏を勃興させたといえるであろう。それぞれ三河各地にちらばり、諸豪族に嫁したり養子になったり、あるいは本家に臣従したりして盛大な藩屛《はんぺい》をきずきあげた。

四代親忠、さほどの事項なし。五代長親のころになると、小勢ながらもそろそろまわりの大国と衝突しはじめ、苦戦をかさねた。六代信忠は暗愚でこれがために勢力は後退し、岡崎城は他にとられている。七代清康は英雄の資質があったらしく、相続早々、岡崎城をとりかえした。この前後、額田郡山中《ぬかたぐんやまなか》というところにある山中城をうばっている。このときの攻撃隊長が大久保彦左衛門の祖七郎右衛門であった。これについて子孫彦左衛門は「三河物語」でいう、「大久保七郎右衛門、(山中の城をば)調戯《ちょうぎ》(計略)をもつて忍び取りに取らせ給ふ」

ときに、烈風の夜だったという。そういう夜をえらんで「忍び取りに取る」という、そういうすばやさ、油断ならなさは、いかにも室町幕府の正規武士のすがたではなく、木樵《きこり》か山賊といった連中にちかい。Tさんの想像はこのあたりで現実のにおいを帯びるといっていい。要するにこの松平武士団がのちに家康をして天下をとらしめたエネルギーは、この連中が京都あたりの室町侍でなく土豪劣紳であったということであろう。

ところで、七代清康はこれをよろこんだ。清康は若いながら配下の功名をよろこぶひとで、七郎右衛門に対し、

「ほうびをあたえるから、何でも望め」

といった。七郎右衛門にすればこれはむりであった。望めといわれても、主人の清康はたいした物持でもないのである。このあたりは、この当時の三河人は土くさいだけにはっきりしている。

「殿さまは御小身でございますから、ほうび（知行《ちぎょう》）など望みませぬ」

といった。ちょっと恥じたが、清康はそれでもしつこく望め望めといったため、七郎右衛門は「それでは御領内の市《いち》の税金の徴収権を頂戴したい」と言い、すぐゆるされた。この当時、松平家の領内には十七カ所も市があったというが、岡崎をのぞいてはたいした市ではない。それが、城をとったほうびであった。

三河の兵こそ東海一

ところで「三河物語」は、彦左衛門の先祖自慢が入っているから手放しで信用するわけにもいかないが、このとき七郎右衛門は、市銭の権利を得るや、すぐさま市銭の制そ

のものを撤廃してしまった。このため市は無税という楽市《らくいち》・楽座《らくざ》ができ、西三河は繁盛するようになった。楽市・楽座というのはすでに美濃で斎藤道三《どうさん》が手をつけているから、となりの三河あたりにその好成績ぶりがきこえていたのであろう。この七代清康（家康の祖父）はたしかに天才的武将といってよさそうだが、西三河をやっと制圧したころ、家来の乱心者に殺されてしまう。

「守山崩れ」

と三河でいわれるのがこの事件のことで、これ以後、松平家の勢力は大いに後退した。八代広忠は、その父の清康ほどにはすぐれておらず、どちらかといえば凡庸であった。その凡庸な男ですら松平家にうまれたがためにいわば非凡の苦労をした。西洋の歴史家にいわせると、天才には家系があり、その一個の天才を世に出すために先祖代々が寄ってたかって布石し、その布石のためにもだえくるしむ、というが、家康を出した松平家の家系のばあいはいかにもそのとおりである。広忠は、父が急死したときはまだ幼少であった。

西方の敵の織田信秀（信長の父）が三河の様子を知り、八千という大軍をひきいて松平家の主城岡崎に攻めてきた。松平家は、その十分ノ一の八百人しか動員力がなく、しかも幼主をいただいて指揮者がないにひとしい。こういう場合、戦国の条理としては人が散ってしまう。忠義というのは江戸時代に確立した倫理であり、戦国時代にもそういう道徳は自然感情としては存在したが、人はかならずしもそれに拘束されず、それよりも個人の名誉や利害が先行することのほうが多い。が、西三河の人間どもだけは、たとえばかれらが山間の山人《やまびと》であったせいか、西隣の尾張や東隣の駿遠《すんえん》二州（静岡県）の平野地帯のひとびととはこの点できわだってちがっている。忠義の自然感情がつよく、この悲惨な状況下にあっても譜代衆だけは岡崎にふみとどまり、織田勢を迎えうつべく出陣した。が、敵は十倍であり、死は必至であった。かれらは出陣の前に幼君である広忠に袂別《べいべつ》すべく拝謁し、ことごとく泣いたという。ところが奇蹟がうまれた。その八百の兵が死兵に化して突撃したため、八千の織田勢は総くずれになって退却してしまった。この大勝は三河人にとってよほど意外だったらしい。のちのちまで三河兵に強烈な自信をうえつけるもとになった。

――三河の兵こそ、東海一である。

ともいわれ、「三河者一人のねうちは尾張者三人に匹敵する」とすらいわれた。事実、このことは「信長・家康同盟」時代になって各戦場で実証され、とくに姉川の戦いでは天下に評判になった。家康は年若のころは信長ほどの天才的な戦略家ではなかったから、かれが三河以外の地で出生すれば、あるいは天下の五分ノ一もとれなかったかもしれない。

ところで、八代広忠である。城外で織田勢は撃退したが、親族のうちで織田に通じる者があり、ついに岡崎城から逃げださざるをえなくなった。阿部大蔵という郎党が保護して諸方に潜伏し、三河回復の機会をうかがった。この大蔵が、徳川大名の阿部家（備後福山城主など）の祖になる。徳川期の阿部家は大名が三家、旗本が二十三家というほどに繁栄したが、ともかくもこのときの大蔵には、後世の繁栄などは念頭になかったにちがいない。幼君を擁して遠州までのがれ、この広忠を鍛冶屋にあずけたりしている。三河の国主である広忠が、鍛冶屋のせがれどもにまじって町暮らしをしたというのは、いくら戦国期でも類のない変転ぶりといっていい。

のち今川氏の応援で岡崎城を回復するが、不幸にもこの広忠も亡父の清康と同様、家来の乱心で殺されてしまう。とし二十四である。その一子家康の境涯はいっそうあわれなものになった。家康はこのころ人質として国外にいた。かれは最初、東隣の今川家におくられるところを、途中、西隣の織田家の人数にうばわれ、むりやりに尾張へつれてゆかれた。かれは父の死とともに人質の身で松平家の当主になった。このため三河は国主不在のまま家来どもがまもるという類のない形態になったが、家康自身の運命はさらに悲痛で、今川氏と織田氏との外交交渉の結果、その身柄は今川氏に「売られ」た。このため松平家九代である家康は、八歳から十九歳までという人間形成期を、駿府《すんぷ》での人質屋敷でおくることになった。そこに天の意思を感じたくなるほどに数奇である。

非運の家臣たちの律義さ

三河は、今川氏の保護国になった。今川氏の三河に対する政策は十八、九世紀ごろのヨーロッパ列強の植民政策に酷似しており、三河松平領の知行米はことごとく駿河へもって行ってしまい、松平家の家来は無禄になった。

「餓死におよぶ体《てい》」

と、「三河物語」の文章には悲憤がこもっている。家康はたまりかね、今川家に交渉し、「国もとの侍のためにせめて山中（前出）二千石でもくれまいか」と今川義元にたのんだが、義元はゆるさなかった。このため松平家の三河での家来はみな自作農になった。その穫《と》れた米に対しても今川家は年貢をかけた。今川家は岡崎城に占領軍を駐屯させて三河を統治したが、かれらの威張りようは大変なもので、三河侍はその鼻息をうかがわざるをえない。この間のことを「三河物語」は「駿河衆に対してはその機嫌をとり、はいつくばい、折れかがみ、道でゆきあっても身をすくめ、恐れ入りつつ通りすぎる。これはすべて主君の安危をおもうがためである。もしささいなことで駿河衆をおこらせては駿府で家康はどう待遇されるかわからない」と書いている。

しかも今川氏はこの三河衆を容赦なく戦場で追いつかった。戦いは織田家が相手であり、年に数度、十二年のあいだの回数はかぞえきれない。つねにかれらに先鋒《せんぽう》をつとめさせた。先鋒はいわば弾ふせぎであり、犠牲は当然大きい。「今川家は三河衆を根だやしにするつもりではないか」とさえささやかれた。こういう今川氏のやりかたは、ある時期の英国のインド人に対するやりかたとそっくりであった。それでも三河衆たちは、戦場で働きさえすればやがては当主を岡崎へ返してもらえるという希望で懸命に働いた。戦国の三河人は、隣国の尾張侍のような機略はなく、美濃侍のような智謀はなく、駿河侍ほどの教養はなく、さらには、その精神は義理にも規模が大きいとはいえなかったが、ただ、どの国人にもないその美質は、きわだっての律義《りちぎ》さということであった。かれらは愚直なほどに今川氏のための戦場でつとめた。この戦場における戦士としての錬磨が、やがては徳川家興隆の基礎になってゆく。

家康がこの人質のころ、墓参かなにかで岡崎城へ帰ったことがある。日ざかりの田舎道をあるいていると、泥田のなかで田植えをしている男があり、家康の姿をみるとにわかに顔に泥をぬり、背をかがめて逃げようとした。

——あれは近藤登之助《のぼりのすけ》ではないか。

と家康がめざとくみつけ、そばの者に呼びよせさせた。近藤はやむなく田の水で顔をあらい、田の畔《あぜ》に置いておいた腰刀を帯び、破れた渋帷子《しぶかたびら》の縄だすきをはずし、おずおずと這い出て路傍でひざまずいた。近藤は田仕事を恥じたのであろう。

家康はそういう近藤の姿に涙ぐみ、

「その姿はおまえの罪ではない。時世《ときよ》がめぐりくるまでは我慢してもらわねばならぬ」

と言い、この少年君主の言葉が近藤を泣かせた。三河衆というものがここまで劇的にその主人と結合してゆくというためには、これほどの悲境が必要であった。他国の主従はこれよりも幸福であっただけにこういう体験をもたなかった。

この家康の岡崎での墓参のころ、いまひとつ挿話がある。家老級《おとな》の郎党で鳥居忠吉という者がおり、八十の老人であった。かれは岡崎城にあって今川氏の監視のもとで民政を担当していたが、このときひそかに家康の手をひいて庫へ案内し、

——ご覧《ろう》じあれ。これはことごとくわが君のものでござる。

といった。多年、今川氏の目をぬすんで米と銭を貯えたという。鳥居はいう。自分はすでに見られるとおりの高齢であり、わが君が岡崎に帰られる日を待たずに死ぬにちがいない。しかし御帰国になればただちに要るのは兵糧と軍用金である。当座のお入用としてひそひそと貯めてきたのがこれでござる。

これが、三河侍というものであろう。

鳥居は、べつなことも教えた。この銭は十貫ずつ束ねてタテに積んである。銭というものはヨコ積みにすれば割れる。タテ積みならそういう気づかいはない。のち、晴れてお城にもどられたときはこの老人の申すこのことをおわすれになってはいけない。銭はすべてタテにお積みなされよ。……そう、くどくどと若い主人に教えているこの老部将の姿は、決して尾張人でも美濃人でもなく、三河人以外のなにものでもなさそうにおも

われる。

松の色のみずみずしさ

すでに車は西三河の山中に入っている。ちかごろ「松平町」というものになっていて範囲がひろいが、われわれはもとの松平部落にゆかねばならない。山が深く、道をきこうにも人家がまばらで、この県で仕事をしている運転手までが心ぼそがった。家は斜面にたてられ、石垣が組まれている。どの家も小さな砦のようにみえる。突如、雑木におおわれた暗い斜面から明るい路上にすべりおりてきた人物があり、Tさんがおもわず、

「あ、三河衆」

と、小さくつぶやいたほど、その人はそうよばれるにふさわしかった。陽やけじわのなかで両眼が光っている。山仕事の最中らしくおいごを負い、腰に鎌をさし、小兵《こひょう》ながら背をそらしてわれわれの車をうさん臭げにみた。われわれは車をとめ、そのひとに、

――高月院はどこでしょうか。

とききき、やっとこれからさきの道を知ることができた。この一群の峰々の奥の奥ともいうべきところに六所明神山という峰がある。その峰ふもとの谷あいが松平であり、松平からややのぼって高燥の台地にいたると、高月院という山寺があり、それが松平氏の始祖徳阿弥の菩提寺《ぼだいじ》になっている。そういう意味のことを教えてくれた。

やがてその谷に入ると、蒼い天が急に狭くなった。道の左側に、

「松平神社」

という石柱のある小さなお宮があり、その鳥居の前に車をとめた。社頭の由緒書きに、

「この神社は松平家の初代のころの館《やかた》あとである」という旨のことがかかれている。目測して千数百坪ほどの小さな境内で、これが徳阿弥とその二代目がすんでいた松平館とすれば、想像していたよりもいっそうに規模が小さく、三河松平家の出発点がいかに微弱なものであったかがわかる。

「松平山嶽党というようなものでしょうか」

と、Tさんは頰の汗を手の甲でぬぐいながらいった。徳川三百年という日本史上最大の権力の淵源をたずねてゆけばついにこの山あいの千坪になるのである。そのあたりを歩きまわってみたが、社務所はしずまっており、人影もない。無人がいい。風景画に人物が無用なのと同様、歴史への感興というものは、それへ人が入るとせっかく胸中で造形しようとしているものが、とたんにゆるんでしまうようである。

あとは、高月院である。

これは道をよほどのぼらねばならない。この道は徳阿弥の菩提寺高月院でゆきどまりになるはずであり、やがてゆくほどに点々と老松が枝を張り、いかにもこの地名にふさわしい。松平というのは松の多い山間の小盆地という意味であろう。人の姓になると、

日本におけるもっとも貴族らしい典雅さをにおわせる。このあたりの松の色のみずみずしさはこの姓の故郷であるにいかにもふさわしそうであった。やがて前に峰がせまり、その峰を遠景にして平坦な稜線《りょうせん》がみえ、その一直線の稜線上に白練りのひくい塀と四脚門の山門がみえたとき、息をのむようなおもいがした。高月院である。庵寺《あんでら》とおもわれるほどに小ぶりな寺だが、山寺というものの美しさをこれほどさりげなく湛《たた》えている寺もめずらしいのではないか。

門を入ると、歩くにつれて低い築地塀がつづく。よほどつづいたあとに石段があり、のぼりつめると、そこが本堂のある境内である。ここでも人影がない。われわれの足音で蟬がおどろいたのか、声がやんだ。この寺は徳川時代、徳川家から保護されて百石の寺領をもらっていたが、いまはおそらく経営がくるしいであろう。寺門の静かさは、住持にとってはかならずしもよろこばしいことではないかもしれない。その証拠か、本堂の正面に、「千客万来」と、子供がかいたような文字で小板がはりつけられていた。が、この山のここまで観光バスを誘いこんでくるにはよほどの努力が要るかもしれない。

戦場になびく欣求浄土の旗

庫裏《くり》にまわると、老婦人がいた。住持は不在ということであった。話のつぎ穂がないまま、夜はこわいでしょうね、というと、老婦人は答えず、

「いまのご院主は、二、三年前、東京からこられました」

といった。まあおあがり、と婦人はいう。われわれはあげてもらって本堂に入った。本堂正面には徳阿弥が寄進したという阿弥陀如来の立像がある。浄土宗だからあみださんがご本尊である。徳阿弥の最初の宗旨である時宗もあみださんがご本尊であり、これを正念《しょうねん》すればお浄土へゆけるという、いわば極楽まいりが法義の根本であるという点では時宗も浄土宗もかわりがない。

家康は戦場にゆくとき、その本陣に大旆《たいはい》をかかげた。その大旆には、

厭離穢土《おんりえど》
欣求浄土《ごんぐじょうど》

という浄土宗の偈《げ》のようなものがかかれていた。「この世はいや。あの世にゆきたい」という意味である。三河人は三河の一向一揆をおこしたほどだから本願寺の浄土真宗に多くが帰依したが、その他の者はこの松平家の宗旨である浄土宗の帰依者が多い。本陣にたかだかとひるがえるこの厭離穢土・欣求浄土の大旆をみて、かれら三河衆はどうおもったであろう。死をおそれず、死のむこうにある浄土を欣求したであろうか。

帰路、三河の猿投《さなげ》神社に寄り、社前の茶店に入って氷水を注文した。大げさにいえば

中学生のころから三十年ぶりの氷水だが、懐かしいよりもなによりも、これでなければ追っつかぬほどに暑い日だった。

維新の起爆力・長州の遺恨〔萩〕

指月山
143
菊ヶ浜
萩城下町
ひがしはぎ
木戸孝允旧宅
高杉晋作旧宅
明倫館跡
東光寺
品川弥二郎旧宅
松陰神社
松下村塾跡
伊藤博文旧宅
橋本川
萩市
松本川
久坂玄瑞旧宅
山陰本線
たまえ
山県有朋誕生地

家康千慮の一失であった

歴史はかならずしもロマンではないが、しかしときには怨恨がそれをうごかす。

長州の毛利家がそれである。この大名は戦国期までは瀬戸内海岸きっての交通の要衝というべき広島を覇府とし、その領地は山陽山陰十カ国にまたがる大名——というよりもはや覇王にちかい存在だったが、関ケ原の敗北で一朝にして没落した。徳川幕府によってわずか防長二州（周防《すおう》・長門）にとじこめられ、城をおく場所までくちばしを入れられ、

「城も山陽道はこのましくない」

といわれ、日本海岸へ追いやられた。その後の城下萩である。

阿武川《あぶがわ》の三角州にあり、あしやよしのはえた低湿地にすぎなかった。ここに土を盛りあげて指月城《しづきじよう》をきずき、田をうずめて市街をつくった。毛利家は持高を四分ノ一にへらされたため、家臣の人員を大量に整理しなければならなかったが、多くの者は無禄でも

殿さまについてゆくと泣きさけび、ついに収拾がつかなくなり、人がいいばかりのこの当時の当主毛利輝元は幕府に泣訴し、

「とてもこの石高ではやってゆけませんから、城地もろともほうりだしたい」

と、いったほどであった。表日本の広島から裏日本の萩へつづく街道は、家財道具をはこぶ人のむれで混雑し、絶望と、徳川家への怨嗟《えんさ》の声でみちた。どの家臣も、食えぬほどにまで家禄をへらされた。上級武士でも十石や十五石という者がふんだんに出来、それらは士籍をもちつつ山野を耕して自給した。農民になってしまった者も数知れずいる。はるかな後世、高杉晋作が討幕戦のために藩に過激政権をつくろうとしクーデター戦をおこしたとき、吉敷郡《よしきのこおり》から農民千二百人があらわれて高杉の陣営に投じた。かれらは徳川以前には毛利家家臣であったと称する者どもであり、徳川によって一家は窮境におちた、という家系伝説をもつ者たちであった。

「長州藩の藩士は、代々足を江戸にむけて寝る」

という話が、真偽はべつとして幕末から維新にかけて流布されたが、封建時代というものはそういうものであった。怨みもまた食禄とともに世襲するものなのである。家康はあきらかに毛利氏処分において失敗した。潰しておくべきであった。

いや、家康は賢明であった。最初、つぶすことに決定した。が、弁護者が出た。毛利家の分家である吉川《きっかわ》氏（のちの岩国藩主）の当主広家がそれであった。広家は関ケ原の

とき徳川に内通し、毛利の軍勢をうごかさぬようにしたことで、家康に対し大功があり、家康は広家のこの功によって防長二州三十余万石をあたえることに決めたのだが、広家はそういう自分の恩賞よりも本家のとりつぶしについて哀訴し、そのあげく家康の毛利家とりつぶしの意向がどうしてもうごかぬとわかると、ついに自己を犠牲にした。それでは「自分が頂戴すべき防長二州を毛利本家におあたえくださいませぬか」と言い、やっとききいれられた。徳川期のいわゆる「長州藩」はこのようにして誕生している。家康とすれば「温情」であったが、被害者であり苛酷な運命におちる長州人にすればいささかの感謝の気持もおこさなかった。それを逆うらみにうらんだ。このあたりが政治のむずかしいところであるであろう。やはりつぶしてしまうべきであった。怨みを抱くべき生体（毛利家）をわずかに生き残らせたがために怨みは持続し、三百年後には徳川家は死命を制せられてしまった。

三百年の潜在敵国・薩長

家康は自己保存の智恵と用心ぶかさにかけては世界でも類のない天才的人物であったが、これはこの天才の千慮の一失といえるかもしれない。もっとも家康は気にしてはいた。かれは死ぬとき、三池典太の名刀を手にとり、罪人の生き胴を切らせて切れ味をためさせ、しかるのち、

「予の遺骸は西にむかって埋めよ。予は死すともこの刀をもって西国にそなえ、子孫をまもるであろう」と遺言した。家康の脳裏には、当然ながら徳川家の潜在敵国としての薩摩の島津氏、長州の毛利氏があった。

要するに、潜在敵国なのである。徳川家の防衛戦略をあらわすのに城がある。万一、「西国大名」がたちあがって江戸へむかうであろうことを想定し、その進撃路の城郭をりっぱにした。第一要塞は、姫路城である。わずか十余万石の姫路城主にこれだけの大城郭をもたせたのはここでくいとめようとするがためであり、姫路がやぶれれば第二要塞である大坂城でふせぐ。このため元和ノ役で焼失した大坂城を大改修し、将軍の直属城とした。第三要塞は名古屋城である。この名古屋城まで落ちればあとは箱根の嶮《けん》に拠《よ》って関東をまもる。家康とその官僚団は、そこまで考えた。逆にいえば毛利と島津は、それぞれ一大名でありながらそれほどまでにおそれられた。

土佐からはじまったこの稿も、回をかさねることがふるくなった。

「いつ長州にゆきます」

というのが、Tさんの口ぐせだった。ようやくわれわれは山口県に旅だつことになった。途中の労をすくなくしようとおもい、全日空でわざとゆきすぎて小倉までゆき、小倉から逆もどりどいうかたちで日本海まわり米子《よなご》ゆきの電車に乗った。これならば車中は二時間あまりということですむ。

旅程は簡単にいったが、しかし防長二州の人間風土ということになると書くべきことが多すぎ、どうにも端折《はしよ》れそうになく、あれこれおもううちに一冊の本にでもなりそうであり、あらためてこの土地の日本史における課題の豊富さに気づかされたりした。

萩の宿についた。三年ぶりだが、宿の主人が八十四歳で亡くなったほかはなにもかも変わっていなかった。宿は出不精なお種さんと、それに木村さんという声の大きな初老の婦人がいつもながら二人できりまわしている。

「相変わらず、この町ではゴーストップは一つきりですか」

ときくと、お種さんはソウデアリマス、といってくれた。アリマスはアに力点がつく。いまはなき日本陸軍の官制方言であり、この方言は陸軍をつくった長州人に淵源している。

ゴーストップといえば赤青の交通信号が一台、この萩市に設置されたのは戦後もだいぶたってからのことで、そのとき青で進むべきか赤ですすむべきか、通行人のあいだで多少の混乱があったという。それがお種さんによればまだ一台きりでふえずに健在だということであったが、しかしあとで町をあるいたとき、Tさんがその問題の信号機に気づき、小声で、「ランプ、消えていますね」と、いった。信号機が稼働せねばならぬほどにこの三十六万九千石の城下は多忙ではないということであろう。

藩をもって企業体となす

この町は、南郊の山上から見おろした景色がいい。武家屋敷や寺々の屋根が起伏し、銭湯のそれをのぞいて一本の煙突も見あたらぬことに気づく。北郊の突端に指月城跡の森があざやかにみえる。そのむこうに指月《しづき》山が盛りあがり、山裏は断崖になって海に落ち、多島海へひろがってゆく。日本海の海あかりが町に青の透明色をあわく刷《は》いているようであり、鯖島《さばしま》、羽島、尾島、相島といった島々がぶきみなほどにうつくしい。たださえ水の碧い日本海がこれほど美しい風景をつくっているところも他にないであろう。

「こんなしずかな風景のなかでうまれ育ったひとびとが、よくまあ江戸幕府をたおそうとおもったことですね」

と、Tさんがため息をつくようにしていった。あるいは寂《しず》かなればこそ怨恨が温存されたのでしょうか、ともいった。

ところが、かならずしもこの風景は寂かとはいえないであろう。

「城下の西北は、韓海につらなる」

と、ふるい地誌にあるように、海ひとつむこうが外国であり、長州をふくめて、西国(九州)が幕末、列強の侵略的圧迫をじかに感じ、攘夷運動の火をもやさざるをえなかったのはその地理的環境による。

たとえば長州藩は、隣海によこたわる対馬の対馬藩と友誼藩の関係にあったが、この対馬は幕末のある時期、ロシア軍艦に占領されたことがあり、その報はすぐ長州にひびき、藩内をふっとうさせた。この当時、日本列島は西方が玄関であり、「外国」はそこからきた。明治後は玄関は東方につけかえられ、「外国」は横浜、羽田からやってくる。あたまのなかで玄関のつけかえをしてあらためて長州藩の環境をおもえば、ここが対外問題の僻地でないことがわかるであろう。

とにかく――関ヶ原のくだりに話をもどすが――徳川期の毛利家が破産状態で発足したことは、その後の日本史を知るうえできわめて重要であるといっていい。

能動性に富んだ集団のばあい、その集団共通の恐怖観念ほど、大きなエネルギーをうむものはないであろう。経済的滅亡という死神をつねに背後に感じていたこの藩は、徳川三百年を通じてえいえいと干拓し、開墾し、田地をひろげようとした。幕末では実高《じつだか》百万石になった。厳密には九十九万八千石ほどだが、これを表高《おもてだか》である三十六万九千石とくらべれば、三世紀たらずのあいだにはらったこの藩の士民の努力がどういうものであったかがわかる。さらにこの藩は、米穀中心の幕藩経済がゆきづまりきった天保のころから藩経済の主軸を大きく産業にむかってねじまげた。産業といっても当初は農業生産品がおもだが、それでも、

「長州の三白」

といわれた蠟《ろう》・塩・紙（いずれも専売制）の利益は大きく、長州藩の実力はこれによ

って大きく飛躍したといえる。その現金収入よりもさらに大きな利益は、長州武士をして「商品経済」の味をおぼえさせたことであろう。長州藩は米穀にたよっている東日本の諸藩をしりめに産業国家をめざすとともに、流通にめざめ、長州の商港である下関を内国貿易の中心地たらしめようとし、多分に成功した。さらに、幕末、坂本竜馬はこれに実策をあたえ、

「薩摩藩も加えて下関を共通の商港とし、日本中の物産をここにあつめて天下に集散するのみか、海外とも貿易し、巨利を博そう」

ということになり、慶応二年十一月、竜馬のあっせんのもとに薩長の要人（桂小五郎、広沢兵助、五代友厚ら）が下関で会合し、「商社示談箇条書」という定款《ていかん》までできた。目的は大割拠（当時の政治用語で幕藩体制からぬけだして戦国ふうの独立圏をつくりあげようとするもの）をなして幕府を経済的に圧倒してしまおうとするところにあったが、藩そのものが一個の巨大な企業体になろうとしている点、長州藩はすでに機能的にも性格的にも他の三百大名——とくに東日本の藩とはまったくちがったものになっている。

こういう時期の前後、この藩は坂本竜馬の海援隊のあっせんにより、長崎でおびただしい量の兵器弾薬を買いつけた。営利にも軍備にもやることがすべてこわいほどに能動的であった。それを能動的にさせるだけの富があったということであり、かつ藩組織そのものが能動以外を考えない革命官僚にうごかされているからでもあった。

経済思想で関ケ原の復讐

この活況とくらべると、かつての加害者であった幕府はでくのぼうといっていいほどみじめであった。幕府は関ケ原のあと、諸国の物成りのいい土地はほとんどおさえて天領（将軍直轄領）とした。そこまでは利口であった。しかしそのゆたかさにあぐらをかいた。水田から米をとって食うという経済のほか産業というものを知らなかった。家康は豊臣政権から天下をうばったとき、多少は商業についての感覚はあった。その証拠に、大坂、伏見、大津といった商品の集散地や、堺、博多、長崎といった商港を直轄領にした点は、商業的感覚のするどい信長や秀吉にまなんだのであろうが、そのあと代々の幕府人は商品経済を有効に操作する能力をうしなった。かれらは農業の支配者でしかなかった。幕府はすでに経済思想という面で、まず思想的に薩長という雄藩に敗北していたというべきであり、薩長の側からいえば、関ケ原の復讐は鳥羽伏見の戦いという軍事段階以前にこういう面から進めにすすめていた（復讐が動機でなくても）というべきであった。この両者の変転をみると、人の世というものはまことに端倪《たんげい》しがたいものである。

町で、旧知のひとに出会った。

「いいお天気ですね」

とあいさつすると、先さまは、秋の萩はほとんどこのような空ですよ、と、青すぎるほどの天を見あげた。天の青さだけで、けっこう観光資源として売りものにできそうな町である。

菊屋横丁に入ると、人通りもない。陽が高いままにぶらぶらして高杉晋作の家をたずねたり、木戸孝允《たかよし》の家をたずねたりした。ついでに近所の志賀義雄氏の生家のあとも見た。野坂参三氏の生家も見たかったが、案内してくださっている田中誠氏にうかがうとすこし遠いといわれるので、割愛した。

この日、風が海にむかって吹いている。このあと指月城址にゆき、天守閣のあとの石畳上に立った。ここからみると町は鬱然《うつぜん》としてオリーヴ色にみえる。樹のおもなものは士族屋敷の塀のうちにうわっている夏みかんの樹林であった。夏みかんは実がふくらむころにはつぎの実が小さく用意されているという。封建相続の連綿たるめでたさに、これほどふさわしい果樹はない。

夜、市長さんや前記田中氏、それに田中氏同様長州の歴史にあかるい松本二郎氏などの一座にまじった。田中氏も松本氏も旧士族であり、いまも士族屋敷にすんでおられる。市長さんは菊屋嘉十郎氏で、「菊屋」の十三代目である。菊屋といえば藩政時代きっての城下商人であり、藩御用をつとめ、幕末長州の藩財政に力をつくしたことで知られている。

「伊藤（博文）さんや山県（有朋）さんは、萩にはあまり帰りたがらぬようでした」

と、松本氏がいった。松本氏の祖父は旧藩のころ藩命によって数学を江戸に学んだひとであり、吉田松陰とは幼なじみで、どこかの塾での同窓だったという。

維新後の萩は、伊藤や山県などの顕官にとって楽しい故郷ではなかったらしい。当時、萩には旧藩の歴々であった老人たちがすんでいて、軽輩あがりの伊藤、山県の生いたちを知りぬいていたし、ことさらにそういう態度を示して、かれらに素姓を思いださせようとしたのであろう。

果実を育てた人・食べた人

伊藤は総理大臣になったあと、どういう用事でか萩へやってきて、菊屋を宿舎とした。そのとき門から玄関のあいだ、赤絨緞《あかじゅうたん》をのべさせてその上を歩いたという。そういう陽気な成りあがり趣味が伊藤のもついわば愛嬌であったが、しかしひとつは自分を尊敬せぬ萩の故老たちにつらあてをしたつもりかもしれない。しかしどうもやることに徳がない。

この伊藤というひとは少年のころ、他家にやとわれてその使い走りをした。夜おそく自宅に帰ってくると就寝までのあいだ習字をし、習字がおわると紙のはしにくるくると人間の顔をかき、

——これは太閤秀吉である。

とつぶやき、それを描くことをもって一日の日課の終了儀式とした。少年の日のおさない願望をこれほどあざやかに実現しえたひともすくないにちがいない。伊藤や山県は他の志士たちにくらべて多少異質な部分をもっていたのは、かれらの師である吉田松陰の用語をつかえば「功業」をなそうとする傾向がつよかったところであろう(松陰はかつてその門人たちに、「僕は忠義をなすつもり。諸君は功業をなすつもり」といった)。革命というものほど危険な事業はないが、この危険事業は、それをなす人(ほとんどが中途で斃れるが)とその果実を食う人のふた派にわかれる。伊藤や山県はそのどちらに分類されるかは別として死者たちがもたらしたその果実を盛大に食ったことだけはたしかである。

萩城下の東郊を、松本川が流れている。この川を渡ったむこうが松本村であり、その方面にはごく少数の石取り武士(いわゆる上士のこと。吉田松陰も少禄ながらそうである)の屋敷があるほかは、大部分が農家か、足軽程度の者の屋敷が点在していた。松陰の実家の杉家はここにあり、松陰の松下村塾も杉家の敷地にあったし、その建物はいまものこっている。

われわれは、松本川をこえてこの地帯に入った。

この地帯にくれば松下村塾というのは要するに軽輩の居住区にあったことがわかるし、

その塾生というのは高杉などわずかな例外をのぞいては、近所から、つまり算盤《そろばん》塾にでもかようような気安さでやってきたことがわかる。それらが、松陰という強力な発電体にふれることによって電磁感応をおこすにいたるのだが、伊藤博文は最初、隣家の吉田稔麿《としまろ》にさそわれ、その紹介でこの塾に入った。その稔麿は、元治元年夏の池田屋ノ変で闘死するにいたる。

稔麿の死は、不可避なものではなかった。かれはあのころ江戸からの道中にいて、池田屋の秘密会議というものを知らず、たまたま会合の日、ちょうど京都に入り、河原町藩邸にわらじをぬいだ。長州へ帰らねばならなかったが、会合があるというはなしをき、自分も事情がわからぬまま出てみようとおもい、出席した。そこを新選組におそわれた。かれはよく闘って奇蹟的にそのかこみを破って脱出し、藩邸までかけもどった。もどったのは同志にこの異変をしらせ援兵を乞うためであったが、藩邸はうごかなかった。

そのままかれも藩邸にいればその死からまぬがれたし、革命の果実を食べることができたであろう。しかしかれはふたたび現場へゆこうとした。げんに藩邸の者はやっきになって制止したが、同志の死闘を傍観するに忍びないとして手槍をとり、ふたたび修羅《しゅら》場《ば》に駈けもどり、闘死した。本来、その思想や性格が「功業の士」ではなかったにちがいない。二十四である。

奇兵隊の革命性の意義

「ここが稔麿の家ですよ」

と、松本氏に指摘されておどろいた。われわれは松下村塾を出て毛利家の菩提所の東光寺にむかおうとし、野道に足を踏み入れたときで、位置からいえば松下村塾の裏あたりの樹叢のなかにあり、粗末な門がかたむいていた。何度か萩にきて、稔麿の家が現存するということをこんどはじめて知った。しかも「吉田」という表札が出ており、のぞくと、奥の母屋で人の気配がした。子孫のかたがいまも住んでおられるという。

とにかくこの城東松本村の田園は、上級武士が多く住んでいた萩城下よりも維新史にとっての意味はあるいは大きいかもしれない。

萩の上士である高杉晋作も、この松本村に潜居したことがある。それまでかれは江戸や京都で活動したが、情勢に絶望し、帰国して髪を切り、萩城下をしりぞき、文久三年四月この松本村の叢林のなかにかくれ、十八歳の妻とともにすごした。この詩的情念のつよい人物は、名も西行をもじって東行《とうぎょう》とあらため、法師になったつもりでむこう十年世間から断つつもりであったが、情勢はふた月しかかれの休息をゆるさなかった。長州藩が、下関海峡を通る外国艦船を無差別砲撃するという「攘夷」を断行することになり、げんにそれを景気よく断行した。しかしかえって米国軍艦のために逆襲され、長州軍艦二隻が撃沈、一隻が大破され、ひきつづいて数日後、フランス軍艦二隻がやってきて前田砲台と戦い、これを手もなく破砕した。それだけでなくフランス側は陸戦隊を上陸させて長州兵を追い、砲台を占領し、民家を焼いた。長州藩が西洋文明の威力を身をもって知らされたのはこのときであった。全藩大いに動揺し、高杉を起用して海峡の防衛にあたらせることになったのである。

高杉は下関にきて戦場を視察し、

「洋夷の器械にやられたことはやむをえぬ。しかしその上陸軍と陸戦におよんだとき、長州武士が逃げたことはゆるせぬ」

と言い、親代々高禄を食《は》んできた正規武士はついに戦場の役にたたぬとし、

「有志者は軽卒（軽輩）以下に多くござ候」

と、藩に上申し、奇兵隊を組織した。この徴募は文久三年六月九日であり、このときこそ明治維新というものの内臓が天日にさらけだされたときであろう。武家支配による徳川封建制は人間を階級化することによって堅牢に維持されてきたが、ところが下関海峡において武士の真価が下落した。その無能と臆病をおぎなうために軽輩、百姓、町人という階級から大量に戦士を採用せざるをえなくなり、しかもそれが補助部隊であるどころか、侍部隊をはるかにしのぐほどの戦力を示した。

奇兵隊だけでなく、類似の「諸隊」がぞくぞくと誕生した。鉄砲猟師が主力になって

いる隊もあれば、力士の隊もあり、僧侶や神主の隊もあった。それら志願兵どもがのちの幕長戦争で活躍し、幕軍のお武家さまを国境の各地でうちやぶったばかりか、山陰道をすんだ連中は石州《せきしゅう》（島根県）浜田城まで陥落させ、殿さまを海へ追っぱらって城下と藩領を占領し、また海峡を渡った連中は幕府の九州探題といわれた豊前小倉の小笠原家の武士を撃退し、小倉のお城をわがものにした。外形は長州藩主を主君としていただく軍隊行動であるとはいうものの、内実のエネルギーは下層階級の一揆のようなものであり、その無敵の実力はかれらの内部にどういう自信や意識をめざめさせたか、想像にあまりある。

長州奇兵隊におけるそういう革命性の課題はいま進行している学問上の論争にゆずるとしても、なぜ長州藩――この藩のみ――にこういう庶民軍が誕生しえたかということである。

他藩では考えられない。

長州は逆さひょうたん

たとえばあとにつづく戊辰戦争のときに、越後長岡藩や会津藩は藩をあげて官軍に抗戦し、徳川期の武士美の最期をかざったが、領内の百姓は傍観していた。百姓町人までは動員されなかったし、藩にはそこまでの実力はなかった。

侍の政治や道徳と百姓のそれとはべつべつのものであり、会津戦争の場合などは、逆に官軍に協力した者も多かった。敵に協力したところで藩主松平容保《かたもり》への不忠にはならない。徳川期の大名は盆栽のようなもので、いろんな鉢（領地）へ植えかえられてゆく。百姓と田地は植木鉢であり、どこかからきてどこかへ去ってゆく収奪集団に忠誠心をもつ必要がなく、強制もされていなかった。

長州藩の場合はちがっている。関ケ原ノ役後、山陰山陽にまたがるその広大な封土が、防長二州にちぢめられた。例は適当ではないかもしれないが、第二次世界大戦の敗北でもし日本人が本土の大部分をとられ、九州一島に押しこめられたことを想像すればいいであろう。多くの者は以前どおりの士席を得ることができず、あるいは軽輩に落ち（足軽の子山県有朋の家系はかつて安芸――広島県――壬生荘《みぶのしょう》に領地をもち毛利元就のしかるべき家来であった）百姓町人になったが、しかしその後も藩士団に対して身分差はあるものの同種族意識をもち、藩士たちも領民に対し封建的威圧をくわえながらも、他藩のばあいのような階級間の断絶意識は薄かった。

たとえば伊藤博文の例で考えると、博文の父はもとは百姓だったがのち流亡し、萩城下にきて足軽よりもひくい中間《ちゅうげん》――それもその傭《やと》われびとになった。そういう人の端ですらない卑《ひく》さであったが、かれの家の家系伝説では先祖は天正のころ伊予から出てきて毛利家につかえ、周防国熊毛郡五カ村の目代《もくだい》になった、とある。かれの幸運は少年のころたまたま松下村塾に学んだことだが、この塾の門下生が革命化してゆくにつれてかれも志士になった。が、士とはいえなかった。他藩士との交際上、長州藩士を称さねばならず、このため桂小五郎は伊藤のためにわざわざ藩に工作し、自分の従士という形式にした。このとき桂は、

「届出のうえでは私と君は主従ということになるが、それはあくまで形式で、君は私を同志とおもってもらいたい」

と、いった。桂は歴とした上士であるが、そういう身分の者が、伊藤のようなものにこのような身の入れかたをするというのは、他藩では、まったくありえず、長州だけの現象といっていい。

「長州はこれだ――」

と、土佐の殿さま山内容堂は逆さひょうたんを描いて諷刺したことがある。上下が逆で下の者がときめいているという意味だが、そういう下剋上の現象にはさまざまな原因が考えられるにせよ、やはりこの藩が百姓ぐるみの毛利種族である（多分に伝説的ではあるが）という意識がそれをそうさせた主原因のひとつになっていたにちがいない。むろん念を入れてことわっておかねばならないが、原因はそれだけではない。この藩のおかれている地域的条件が、攘夷的緊張をうみやすかったこと、教育の伝統がふるいため藩士の教育水準が高く、従って時艱克服のための指導原理をもとめる知的態度が高かっ

たこと、いったん指導原理がうごきはじめるや、藩のなかでの階級観念が後退し、いかなる組織でもそうだが、原理をもった者ともたぬ者という二通りのグループだけが人間を区別するにいたること、などが原因群である。長州はそのどの原因群ももっている。

そういうことから奇兵隊が成立し、成立の瞬間から、維新は大きく躍進し、やがてこの藩は諸隊の思想と武力を中心に攘夷から倒幕へとすすむ。

栄華去って変わらぬ潮の流れ

大名が倒幕へ踏みきるというのは意識においてすでに至難なことである。諸藩は将軍家に対し三百年忠誠をちかいつづけ、その忠誠は秩序化し、生活化し、武家存在の核心にまで食い入っている。土佐藩は郷士という、藩政への不参加階級のみが倒幕思想化し、薩摩藩のばあいですら七、八割までが佐幕派であり、西郷の信望と大久保の権謀でやっとあそこまでこぎつけたが、長州藩は途中で藩内クーデターを経ているとはいえ、他の二藩からみればらくらくとそれへふみきった。

一つは幕府から現実に戦いを宣せられていたということもあり、また藩主が人材好きのわりにはさほどの定見をもたず、なにごとも「そうせい」と合点し、このため、

——そうせい侯。

というあだなすら奉られていたひとであったことなどの事情はあったが、ひとつは関

ケ原の戦後処分の怨恨が温存されつづけていたため、幕府に対し復讐感情、とまでいかなくても、武士らしい感傷をもつ必要がなかったということが大きいであろう。

政治は多分に感情であるとすれば、歴史もまた多少感情が溶融しているといえる。


翌日、われわれは南下して下関に出た。

下関では、阿弥陀寺(町名)に岡崎という宿をみつけてとまった。この町の海岸は幕末では海峡を漁場とする一本釣りの漁師の家がならび、魚が新鮮なために料理屋が多く(いまは旅館しかないが)、長州をはじめ諸国の志士で下関にやってくる者はかならずこの阿弥陀寺の魚屋の座敷をかりて酒をのみ、会合をした。そのあとは稲荷町や裏町へ出かけて行って妓《おんな》を買う。この点、京の祇園以上にかれらにとって縁のふかい町だが、いまは下関のさびれとともにさびれている。

「長州の栄華、いまいずこですね」

と、Tさんはいった。下関は長州藩の現金吸いあげのポンプというべき商港であり、これをもって一時は幕府直轄領の大坂を凌ごうとさえ志士たちはくわだてたのだが、いまは戦後の諸事情で繁栄は去った。ただ壇ノ浦の流れだけはかわらない。

宿の裏はそのまま壇ノ浦の海になっている。部屋のそとにくろぐろとした潮が巻き、底鳴りしつつ走り、その最急潮のときのすさまじさはながめているだけで、当方の息づかいがあやしくなるほどである。

この海峡で義経が平家の艦隊を全滅させ、長州藩が四カ国艦隊と戦い、幕長海戦のときには竜馬が高杉の艦隊に協力してユニオン号をもって幕府艦隊を牽制した。

「手入れ要らずの庭です」

と、家つきのおかみさんがいう。庭とは、むろん海峡をさしている。まったくこれほどの庭はないであろう。このせまい水路をきれめなく往来する船々の色彩や形をながめているだけでいつのまにか日を暮れさせてしまい、下関での心づもりの場所をみる時間をうしなった。だから、下関のことは書かない。

政権を亡ぼす宿命の都〔大阪〕

天王山
大山崎
兵庫県
池田
摂津
大
高槻
茨木
枚方
淀川
神崎川
豊中
吹田
守口
四条畷
尼崎
飯盛山
阪
大阪
天満宮
上町台
河
東大阪
奈良県
生駒山
安治川
四天王寺
布施
枚岡
木津川
八尾
内
信貴山
大阪湾
府
大和川
堺
仁徳天皇陵
大和
羽曳野
和泉
二上山

つねに天才が発見した

大阪という都市はすでにその存在そのものが数奇であるといえる。

たとえば歴史のうえをながめてみても、大坂が大阪になる以前、この土地を通過した者は幾百万をこえるだろうが、ここに地政学的価値を発見した者は数人しかない。その数人はことごとく天才の名を負うている。その名については、あとでのべる。

とにかく日本の（あるいは世界の）どの都会にくらべても都市としての立地条件のよさは、大阪はあるいは最高かもしれない。その価値は、まず日本列島のやや西寄りの中央に位置しているということであろう。ついで琵琶湖という巨大な貯水池をもち、淀川が天然のパイプをなし、下流で数百万の人口をうるおしうること。さらには後背地《ヒンターラント》がひろく、地味が豊沃で、食糧の供給力が大きいこと。さらにそれらを総和してもうわまわるほどの価値は大阪湾と瀬戸内海であろう。風浪から船舶をまもるだけでなく、瀬戸内海という自然の回廊にまもられつつやがては外洋にむかってひらけ、その航路は大阪港によって日本列島の各港をめぐり、あるいは神戸港によって世界に通じている。虚心にみればたれが考えても日本の首都は大阪であるべきであった。ところがこの最高の地政学的条件の地が首都にならなかった(ときにはなる。しかしすぐほろぶ)のはふしぎなほどであり、世はリクツどおりにゆかず、そのゆかぬという機微のなかにこそ、歴史が充塡《じゅうてん》されているようにおもえる。この稿は、それについて書く。

ふるいむかしはべつとして、この湾の摂津沿岸を首都にすることを最初にやったのは平清盛であった。かれはいやがる公卿たちを武権によって強引に京をひきはらわせ、大阪湾の沿岸につれてきた。福原遷都である。もっとも福原といえばいまの神戸で、おなじ摂津ノ国とはいえ、大阪(当時大阪という地名はない)ではない。しかしかりに四捨五入しておく。清盛というひとは日本史上の権力者として最初にあらわれる商業感覚のもちぬしで、対中国貿易を考え、港のある場所こそ首都であらねばならぬとおもった。しかし遷都ほどなくかれは死に、都はふたたび京にもどされ、やがて平家そのものもほろぶにいたるから、平家にとって福原遷都ほどえんぎのわるいものはないといわれるにいたった。

その後数百年、大阪湾のまわりを発見する天才はあらわれていない。このあたりはよし・あしのはえるにまかせたただの磯くさい田舎で、近畿の他の地帯にくらべても人家が多かったわけではなかった。平安から鎌倉期にかけては現在の大阪市の都心あたりはワタナベとよばれていた。大阪のもとのよびなは渡辺であった。渡辺党という二流程度の武士団が住んでいた。日本の姓のなかでもっとも多い姓のひとつである渡辺姓はここを発祥としているが、要するにそういう渡辺の、、、あらしこどもが河口であみを打ったり、湿田を這いずりまわって田植えをしていた半農半漁の地帯で、どういう権力者もここを天下統治の根拠地として考えたことはない。そういう種類の地政的頭脳はまだ歴史に出現しない。

最初に出現するのは中世末期である。本願寺興隆の基礎をひらいた蓮如がそれであった。戦国百年のうち、蓮如ほどの組織力と宣伝力をもった人物は絶無であろう。その戦略的感覚はのちにあらわれる織田信長に匹敵するかもしれず、その城郭設計の能力にかけては当時の二流の武将などは足もとにもおよばなかった。蓮如が武将の家にうまれていたらどういうことになったであろう。しかしかれは肉食妻帯僧の家に生まれた。たまたまその家が親鸞を家祖としていた。親鸞からかぞえて八世の孫にあたり、貧窮のなかで成人した。

いまでこそ親鸞といえば日本史上の巨人だが、蓮如の少年のころはまったく埋没された名であったにすぎない。親鸞はその存生中、「親鸞ハ一人ノ弟子モモチ候ハズ」と言い、思想として教団を否定しただけでなく、その死後、その教徒は叡山から執拗な迫害をうけつづけたため京の一隅で衰微しきっており、細民を相手に親鸞念仏をとくいわば町の説教所のようなものにすぎなかった。つまり本願寺は親鸞によって興ったのではなく親鸞の教団否定の遺訓を無視してこの宗祖の名をかつぎまわった蓮如によって興ったのである。蓮如はその八十四年の生涯で六、七十人の子をうませ、二十七人成人したといわれるほどの精力家だったが、そのなみはずれた体力で天下を布教してまわり、各国各郡各村に講を組織し、ついにはそれまでにかつてなかった民衆の全国組織を完成した。

〝大坂〟は蓮如が命名

蓮如はその根拠地を、近江の大津、越前吉崎、山城山科《やましな》など転々とさせたがやがて組織を完成した晩年、いまの大阪の地にゆき、「石山」という無名の台地にのぼり、ここに地を相し、満天下をにらみすえるほどの城郭式の巨刹《きよさつ》をたて、陸路海路から全国の門徒を指揮する策源地とした。このあたり、蓮如自身はその文章で、

そもそも当国摂州東成郡生玉《いくたま》ノ荘《しよう》大坂といふ在所は、往古よりいかなる約束のありけるにや、去んぬる明応五年の秋下旬のころよりかりそめながらこの在所を見そめしより……

と、のべている。見そめたという言葉をつかっている。大阪を最初に見そめた栄誉は

蓮如に負わさねばならないであろう。

　蓮如のころにはすでに「大坂」という地名はあったらしいが、あくまでも生玉荘というちでの小さなあざの名で、蓮如以前にはこの地名はどの記録にもみえないほどに微小であった。ちなみに蓮如は「大坂」と書いたが、これはおそらくかれの思いつきで、当時土地の者はオサカと発音していたという記録があるから、本来なら小坂という文字があてられるべきであった（こんにちでも奈良県の方言では「電車でオサカへゆく」と言い、オーサカとはいわない）。となれば大坂という地名の命名者は蓮如ということになるであろう。そのくせ当の蓮如は自分のトコロのことを大坂といわず、つねに、

「石山」

とよんでいた。イシヤマとは山の名か、それとも在所の名か、いまとなればまったくわからない。とにかくも本願寺は、石山本願寺とか、石山城とかとよばれていた。石山は、遠望すれば水にうかんでいる。足もとには入江があり、数多くの河川が土地をひたしてながれている。

　要するに大阪はいまでもそうだが、その市街地の大半は海面にただよう州《す》のような土地であった。それも当然で、万葉のころの大阪はたとえばいまの道頓堀や千日前、あるいは大正区も港区をもふくめて海底にあり、茅渟《ちぬ》ノ海《うみ》（大阪湾）の波はひたひたといまの松屋町《まっちゃまち》筋の線まで寄せていた。それほどの低地だが、唯一の例外として上町台地がも

りあがっている。南北にほそくのびたナマコ形の台地で、そのナマコの南のはしに聖徳太子のたてた四天王寺があり、中央に仁徳天皇の高津《たかつ》ノ宮《みや》あとがあり、北端に蓮如の石山本願寺つまり秀吉の大坂城がある。地震のほうの専門家にいわせると、大阪に最大級の地震があったばあい、安全なのはこの台地だけだという。

聖徳太子も仁徳天皇も蓮如も秀吉も、ただやみくもにこの台地をえらんだのではなさそうであった。さて、蓮如が死ぬ。そのあと実如、証如、顕如とつづく。顕如の代は戦国のたけなわで、すでに東方には織田信長が勃興していた。やがて信長が国々を斬りしたがえて中央をおさえ、全国制覇にのりだしたとき、諸国の民衆を組織しおえたというつまり別な次元ですでに全国制覇をとげてしまっている石山本願寺と正面から武力対決した。いわゆる石山合戦である。頼山陽は「抜キガタシ南無六字ノ城」といった。石山にこもる本願寺信徒の戦闘力はヴェトナムの解放軍のようであり、織田家の職業武士をはるかにしのいだ。だけでなく本願寺を主体とする反織田同盟が組織され、中国の毛利氏をはじめ、北陸、甲斐の大名までがこれに参加した。そういう背後規模の大きさからみれば、この戦いは戦国最後のチャンピオン戦だったともいえるであろう。

戦いは前後十年ばかりつづいたが、最後には本願寺が降伏的な講和をし、この石山をあけわたして紀州へしりぞいてゆく。

日本一の境地……と信長

「その石山本願寺とは、大阪城の天守閣あたりが本堂だったのでしょうか」

と、Tさんは、大阪城の山里ぐるわのあたりを見あげながらいった。よくわからない。所在地は不明であり、いまのBK（大阪中央放送局）のあたりがそうだという説もある。

いずれにせよ、石山城は信長の手に入った。この当時信長はすでに近江に安土城を所有していたが、かれはその全国制覇の根拠地として琵琶湖東岸の安土をそれにふさわしいものとはおもわなくなっており、大坂に進出しようとしていた。信長という地相にあかるい男が、前後十年にわたる執拗さで、領地ももたぬ宗教教団の本部を攻めに攻めぬいた最大のめあてというのは、大坂そのものがほしかったのであろう。「信長記」に、

「そもそも大坂はおよそ日本一の境地なり」

と、讃美している。ついでながらこの文章をかいた小瀬甫庵《おぜほあん》というのは信長や秀吉と同時代のひとでしかもおなじ尾張出身であり、このふたりのことを知るにはつごうのいい条件をもっていた。さらに甫庵は、のち医をもって関白秀次につかえているから、いよいよ伝記作者として好条件をそなえる。しかし調べが疎漏なうえに文飾のすきなひとで、せっかく「信長記」十五巻のほか「太閤記」二十二巻を書いたが、その史料的価値はさほど高くはない。ただ文飾が多いとはいえ、当時の権力者に接近した同時代人ということからみれば、文飾にも印象的迫力はある。

「そのしさいは」

と、甫庵はいう。

奈良・堺・京都にほど近く、ことさら淀鳥羽より大坂城戸口《きどぐち》まで舟の通ひ直《すぐ》にして、四方に節所をかまへ、三里が内には、中津川・吹田川・江口川・神崎川をひきまはし、東南は二上山・生駒山・飯盛山の遠巒《えんらん》の景色を見る。西は滄海《そうかい》漫々として唐土・高麗・南蛮の舟まで出入りし、五畿七道これにあつまる。売買利潤富貴の湊《みなと》なり。

と、甫庵はまるで自分がこの土地を発見したような昂奮で書いている。ただ筆がすべって、

「売買利潤富貴の湊なり」

とまで書いたのはゆきすぎであった。この状態になるのは秀吉の時代で、信長が大坂を得たときの大坂は家数は千軒ばかり、かろうじて本願寺の門前町であったにすぎない。ところでここで奇妙なことがある。蓮如が発見し信長が再発見した大坂は、なるほど甫庵がいうように宝石のような土地であるかもしれないが、ここに腰をすえようとした権力はふしぎに薄命であるというのはどういうことであろう。清盛を例にあげぬまでも、

まず信長である。かれは天正八年に大坂を手に入れ、ここに一大首都を建設しようとしたが、二年後の同十年には本能寺で死なねばならない。

秀吉は経済的統一者

信長の遺志は、そのまま秀吉がうけついだ。大坂首都案に関するかぎり秀吉は創案者でなく信長の模倣者にすぎなかった。ただ積極的な模倣者で、いわゆる山崎合戦で光秀を討つや、天下はまだ海のものとも山のものともわからぬというのに、はやくも大坂付近の地侍や大百姓に沙汰をくだして築城を命じている。秀吉個人の城としては近江の長浜城や播州姫路城があったが、かれはそこへはかえらず、大坂城ができるまでのあいだ戦場付近の天王山の宝寺を城郭化してそこを仮の根拠地にしていた。大坂の築城は、

「天下普請」

といわれた。天下の総力をあげてきずくということであろう。普請奉行は石田三成、浅野長政、増田《ました》長盛の三人で、都市づくりをする街衢《がいく》奉行は片桐且元、長束《なつか》正家、堀秀政であった。巨石のほとんどは讃岐《さぬき》（香川県）からはこんだ。大筏《おおいかだ》を組み、巨石を水中につりさげて比重をかるくし、あるいは巨石のまわりに無数のあき樽をむすびつけて浮力をつけ、このような石はこびの舟筏が内海をおるように往来していたとき、秀吉自身は各地に転戦している。

起工一年後に秀吉は住み、二年後にほぼ工事はおわったというから、大規模の人数を集約的につかうという点で史上最初の才能であった秀吉ならではのことであろう。その規模の壮大さと建築の巧麗さは同時代のヨーロッパ文明をしのいでいる、と宣教師たちは自国に報告した。

ただこの城の運命は、秀吉一代でおわる。その規模の大きさは、大坂冬・夏ノ陣にこもった人数をみても想像がつくであろう。当時大坂にいた英国商館長リチャード・コックスの日記では十二万と推定し、大坂御陣山口休庵咄《ばなし》では十二、三万、そのうち女が一万といっているから戦闘員の数だけでもこんにちの中都市の人口ほどもあった。

九州を席巻していた薩摩の島津氏が豊臣氏に降り、もとの薩日隅三州にとじこめられたために財政の方途が立たなくなった。島津義久は豊臣家の行政担当幕僚である石田三成にそうだんすると、三成は、

「いや、それで十分やってゆけるはずです。経済というものがまったくかわってしまったことをあなたはごぞんじないから、心配なさるのです」

と、くわしく説明した。三成が説いたのは豊臣政権の成立によって日本史上最初の全国経済というものが成立した、ということであった。それ以前の日本は地域経済しかなく、それぞれの大小名の領内での自給自足経済でしかなかったが、秀吉の天下統一は、政治的統一という以上に経済的統一という性格が濃厚で、その全国統一の中心機関の役

割を、秀吉の構想によって大坂城下の問屋がはたすことになった。これによって薩摩の島津家は国内で生産される米や物産のあまった分をことごとく大坂に送り、市を立て、現銀化し、その現銀をもって大坂で必需品を買い、国もとに送る。三成はそれを説明しただけでなく、それにともなう実務的なこと——送金法、米の販売方法、帳簿の作成仕方——などまで教えた。三成がそういう財政や商業的実務になれていたのは、かれやかれの同僚である豊臣政権の財務官長束正家が近江人であったからであろう。近江ではすでに複式簿記にちかいものが存在していたという説があるほどなのである。このようにして大坂という都市は、豊臣政権下のわずか十数年のあいだに運命的な機構と機能の原型をつくりあげてゆく。

首都を僻遠の地におく

経済都市が、攻防につよいはずがない。

たとえば町割である。当時、城下町のつくりかたには一定の型があり、敵が町に攻めてくるばあいを想定し、主要道路沿いには有力家臣の屋敷をおき、第一戦防衛のトリデとする。江戸における内藤新宿（いまの新宿）がその好例である。甲州街道ぞいにつくられ、信州高遠の大名の内藤氏をおいた。その屋敷あとが、いまの新宿御苑になっている。さらに城への道路を迷走させてつけているのは江戸もそうだが、他の小さな城下町にいたってはそれがはなはだしい。

が、秀吉の都市設計ではそういう思想は皆無といってよく、いまの船場《せんば》の道路をみればわかるように京都や堺の都心部とおなじく碁盤の目に道路がつくられ、整然と町割されている。およそ侵入軍をふせぐということは考慮外のことであり、商業の便利さがてまえになっており、大阪の市街を縦横にはしる運河も、これまた豊臣期に祖型を発しているが、荷物の発着に便利なようにというそういう機能性だけをたてまえとして作られており、軍事上の配慮は稀薄である。都市設計上、町の商業性と防衛性とは多分に相反するものなのかもしれない。

豊臣氏がほろぶ。

家康はここに首都をさだめず、僻遠《へきえん》の江戸にそれをもっていったことは、いまそれをおもっても気がとおくなるほどの賢明さであった。函嶺《かんれい》の東、奥州にちかい江戸に根拠地をすえたのは、騒乱のおこりやすい中央をさけたということのほかに、人間の風土的性格ということについての配慮もあったかもしれない。古来、覇者交代の移ろいに馴れてそういうことにすれっからした上方の人心よりも、関東や奥州の醇朴粗野な人心のほうが、いざ防衛となったばあいに恃《たの》むに足るであろう。幕末攘夷論がふっとうし、幕府も列強の侵略を想定しての対策を講じねばならなくなったときに、土佐の殿さまの山内容堂は幕閣に正式の建白書を出し、りますと、かならず大坂がこわされるのだろう。

「大坂を焼いてしまい、商人をどこかへ強制退去させ、草ぼうぼうにしてしまうにかぎります」

といった。理由のひとつは、列強は上海《シャンハイ》をおさえたようにかならず大坂をおさえるであろう。われわれ（土佐藩は大坂防衛を命ぜられていた）としては上陸軍をふせがねばならないが、ここにこまるのは大坂が町人の町であるということである。商人にはおそらく国家の意識がなく、上陸軍があまいえささえもたらせばそれに乗ってかれらと提携するかもしれず、いっそこの町の商業を停止し、焼きはらって純然たる防衛都市にするほうがよろしい、ということであった。この容堂の献策はどうも奇警すぎるが、しかし「大坂に腰をおろした権力者はかならずほろぶ」というあのジンクスを釈《と》きあかすかぎは、案外こんなところにひそんでいるのかもしれない。

それはいい。

話をもとにもどす。余談ながら家康が東海の浜松から江戸に居城をうつしたのは、まだ豊臣政権の大名であったころである。江戸案はかれ自身の発意でなく、秀吉の命令であった。秀吉は小田原城をかこんで北条氏をほろぼす寸前、家康をつれて敵城をのぞみつつ、崖ぶちに立って小便をした。

「三河（家康）どのも、これを候《そうら》え」と、横に家康をならばせてさせた。そのとき不意に、「北条がほろべば、その領土をそっくり三河どのにつかわそう」といった。北条氏といえば関東八カ国の覇王であり、その領土は二百五十万石をこえるであろう。当時の家康は三河・遠江《とおとうみ》・駿河という東海三カ国の領主で、百万石にたりない。が、かならずしもとくな恩賞ではなかった。三河は家康の先祖代々の領地で、土地とのつよいむすびつきがあるうえに、いざ天下に変がおこれば東海から京まではちかく、いそぎはせのぼって旗をたてることもできるという地の利がある。関八州の領土は広大とはいえ、家康にすれば土地になじみがうすく、それに中原から遠い。しかしながら秀吉にすれば倍以上の石高を家康にあたえることによってこの危険な存在を関外に追いやろうとした。家康は不快ではあったが、これをうけざるをえない。第一、秀吉は、家康の返事をまたず、

「城はぜひ江戸にきずき給え」

と、おっかぶせたのである。秀吉はかつて関東にゆき、いまの東京湾北岸の沼沢地に江戸という漁村を発見し、この場所こそ関八州の鎮府たるに足るとおもった。江戸を推奨したのはむしろ秀吉の親切であり、かれ自身が家康に地相眼を誇りたかったのである。家康にとって江戸ははじめてきく地名だったにちがいなかったが、承けざるをえなかった。その後入部してみると、江戸はなるほど関八州の鎮府にふさわしかったが、ただぼう大な城下人口を収容するには水が不足であった。このため家康は入部早々上水道の工事をはじめねばならず、その点、家康は秀吉のために大苦労をさせられた。この水不足はやがて江戸期を通じて江戸の町の痼疾《こしつ》のようになり、いまなお東京がそれをひきつい

でいる。いずれにせよ、大坂を興し、さらに江戸を発見してこのふたつの都市を日本の東西文化の二大頂点にした最初の着想者は秀吉であった。経済にせよ、こういう点にせよ、近世日本の骨格をつくったのは秀吉であり、家康とその後の徳川政権はそのみがき手であったにすぎない。

銀本位制とともに瓦解した

話は、徳川期に入る。徳川政権は政治を江戸へもって行ったが、経済だけは大坂にのこした。大坂が流通の全国的中心であるということをうばえば徳川の天下は大混乱をおこし、経済の面で崩壊することをおそれたからであり、豊臣家の経済構造はそこまで成長していた。言いかえれば徳川時代を通じ、政治は徳川方式であったが、経済は豊臣方式のままであり、これは幕府の瓦解までつづく。大阪人がいまだに千成瓢簞《せんなりびょうたん》を尊崇するのはそういうところにある。

さっき、島津氏の項で現銀といった。銀本位の通貨をとったのは（確立はしなかったが）豊臣政権であり、徳川時代に入っても大坂はそれをあらためず、ついに徳川時代を通じて大坂圏は銀本位制であった。江戸は金本位である。このため徳川期の通貨は、金銀の二本だてという奇妙なかたちになった。たとえば芝居などで江戸が舞台の場合は小判何両とか一朱金どうこうということでいいが、大坂が舞台のばあいは銀何モンメとやらなければまちがいということになる。

ついでながら銀の尊貴さは金に接近していた。日本だけがそうであった。幕末、大坂がうけた大打撃はこのことにあったであろう。安政条約によって国際的な金銀の比率が入ってきて、外国商人は金貨を欲し、銀貨を欲せず、さらに日本独自の銀の価値を当然ながらみとめなかった。銀をふんだんに保有していた大坂経済がにわかに衰亡するにいたるのはまずこれが第一波であった。豊臣政権がのこした最後のものがほろびたのはこれがためであり、いわば開国は大坂にとって第二の夏ノ陣であったといっていい。大坂の町人人口は元禄期で七十万、江戸のそれの五十万をしのいでいたが、しかし幕末明治にかけての一時期、にわかに四十万に減少してしまうのは、幕府瓦解にともなう大名貸しの貸しだおれという以外にそういうことも原因にふくまれているであろう。

この時期、この大坂をよみがえらせて一躍首都にしようとした人物があらわれる。この人物も、清盛、蓮如、信長、秀吉と同様、日本史上における政治的天才の名を負うている。大久保利通《としみち》がそれである。

鳥羽伏見で戦いがあり、徳川軍が薩長土にやぶれた。戦闘中、大坂城にいた徳川慶喜は軍艦で江戸へのがれ、京の維新政権は砲煙のなかで成立したが、成立そうそう、遷都論がおこった。その最大の理由は人心を刷新させるということにあり、つぎの理由はいまの京都があたらしい統一国家の帝都としては欠点がありすぎるということである。京は港湾に面せぬため五大州との交際がうまくゆかず、それに「土地がせまく、人の気がせせこましくて堂々たる皇国の都地にあらず」(薩藩伊地知正治の論)ということになり、あたらしく都地をもとめるに、結論は大坂ということになった。座長格の大久保は、

「遷都の地は、浪華に如《し》くべからず」

と言い、いそぎ幼帝に大坂行幸を乞い、「しばらく行在《あんざい》を定め」られるはこびになり、案としては九割九分まで決定した。が、一夜、にわかに大久保の気持がかわった。

投書の主は私でした

このころ大久保は京の石薬師東入ルの紅殻格子《べんがらごうし》の町家に住んでいたが、ここに無記名の投書をほうりこんだ者がある。無記名投書というものにろくな内容がないことを大久保は知っていたが、こころみに披《ひら》いてみると、措辞ただしく立論は堂々としており、意外の感にうたれさらに再読して一項ごとに検討してみた。要するに遷都は江戸でなければならないというのである。

まず第一に戦略論を説く。関東と奥羽はまだ鎮まっておらず、人心は王政をうたがい、ややもすれば武器をとって立とうとする。そのときにあたって江戸遷都の大号令をくだせば疑団一時におさまり、「春風和気を発するでありましょう」。さらにまたもし大坂になされば北海道はいよいよ僻地になり、その開拓はいよいよ遅れるでありましょう。

「いまひとつ、大坂が帝都となれば役所の建物、官吏の役宅、学校などはどうなさる」

大坂ならばそれら政治上の建造物をいっさいがっさいあらたに建てねばならないが、江戸ならばすでに存在している——ということの指摘が大久保をもっとも動揺させた。新政府には関東征伐にゆく兵士のわらじを買う金もないときであり、官衙《かんが》建設などは夢のようなことである。さらに投書はいう。

「江戸は世界の大都である。しかしながらこれは自然成立の都市でなく政治都市で、もし首都でなくなれば一朝にして荒涼弔古《こうりょうちょうこ》の一寒市におちてしまう」

百万以上といわれる江戸市民が塗炭のくるしみにおちいるが、その人心不安をしずめる実力が新政権におありかということを言外にいう。さらに投書はいう。「浪華はたとえ帝都にならずとも衰退はせず、依然本邦の大市でありつづけるでしょう」。投書は文章が簡潔で理由を説くのに冗漫でないが、この理由をこの当時のべつの議論の表現をかりると、

「浪華は天然の大都会」

ということになる。経済というのは多分に天然であり、政治というのは多分に人工であるという截然《せつぜん》たるちがいが、経済都市大阪と政治都市東京の素質比較論のなかで明確に指摘され、大久保の蒙をひらこうとしている。

投書によって大久保の考えは一転し、帝都は東京になった。こんにち東京を、首都で

あるという理由で愛する者はこの投書のぬしに感謝すべきであろう。

後年、参議になった大久保はある夕、その邸でわかい者たちと歓談していたが、たまたまはなしが往事におよんだ。大久保は東京を帝都にしてよかった、と言い、あの投書のぬしにいまさらながら感謝し、「しかしながら奇異なことである。いったいどういう人物であったのか、いまだに心にかかっている」というと、一隅にいた色白の青年がにわかに顔をあげ、

「じつは、私でございました」

と言い、大久保をおどろかせた。青年は、前島密《ひそか》という。

前島は越後高田藩士の次男で、江戸で医学をまなび、ついで京へのぼり、幕人西周《あまね》についてオランダ語をまなんでいた。その時期、大変革がおこった。前島は一介の書生であり、しかも政治運動をする書生ではなかったが、大坂遷都論を見すごしかねて大久保宅に一書を投じたというのである。終戦後、新政府につかえ、やがて官営郵便制度をおこし、「郵便の父」といわれるにいたったのは、石薬師の紅殻格子に一書をほうりこんだその歴史的所業と偶然ながらつながっている。ついでながら前島は郵便という日本語もつくった。英語でいう mail を最初は飛脚としようかとおもったらしいが、どうもことばが卑しい。結局「郵」という、ひどくむずかしい文字をおもいついた。郵は古代中国で駅舎のことをいう。当時、たいていのひとにこれが読めず、前島が辻々にたてた郵

便箱をみて、タレベン箱と読み、「ああ位置が高くては便も垂れられません」という苦情があったという。

前島は晩年になるまで着想家としてのひらめきがあったが、いずれにせよ、維新政権は大阪を経済都市としてのみにとどめた。もしこれを首都にしておれば、例のジンクスによって平家、織田氏、豊臣氏と同様、一代かぎりの悲運に見まわれ、日ならず第二革命がわきおこってつぶされていたかもしれない。げんに土佐の自由民権家の林有造らがそれをくわだてているのである。かれらは西南戦争の前、薩摩の西郷と連絡しつつ大阪を襲撃し、ここを占拠して日本の東西を遮断し、大阪の経済力をもって東京政府を圧倒覆滅しようと企画した。この企画は西郷がのらなかったため実施以前につぶれたが、要するに大阪というのは政治都市になったばあい、野心家たちの食欲をじかに刺戟してしまうところが、その地理的性格のなかにひそんでいるのであろう。

政治都市としての大阪は、けっして縁起はよくなかった。たとえば、この街の象徴とされてきた大阪城であろう。元和のときにはこの城が炎上して豊臣氏がほろび、慶応末にはここを徳川十五代将軍が根拠地とし、北方の京軍（薩長）と鳥羽伏見でたたかい、やぶれて遁走し、徳川幕府とともにこの城も炎上した。大阪城は二度陥落し、そのつど歴史に大変動をおよぼしている。それにくらべると江戸城は幸運の城であり、つねに無傷でありつづけた。

夕陽だけがここの名物

われわれ――というとTさんと私だが――は大阪城を出発点として街を歩きつづけている。上町台の西端の崖上にある夕陽ケ丘へゆき、おりから茅渟ノ海におちてゆく夕陽をながめた。大阪には自然の名所というものがないが、古来ただ夕陽だけが名物であり、その壮観が愛され、徳川期にはこの夕陽ケ丘には夕陽見物をする茶屋までできていた。芭蕉もここにあそび、名句をつくった。が、いまは茶屋もない。煤霧で、夕陽もない。

安治川尻へ行った。この川口の港から船が市電のように発着している。しかし戦前、満韓貿易でここがにぎわったころのことをおもえば、川筋の町にまるで活気がない。明治後の大阪の繁栄は、多くを大陸貿易がになっており、そのために安治川や木津川沿岸の町がさかえたが、いまはその方面のおとろえとともに町々もおとろえている。

船場《せんば》へもどった。

「番頭はんや丁稚《でっち》どんがいるのでしょうか」

とTさんがいったが、あれは大正風景で、いまはここで飛行機も売っているビル街である。旦那衆も、むろんいない。キタの祭りである天神祭というのはむかしからばく大な経費のかかる祭礼だったが、戦前は年ごとに出る赤字は旦那衆のたれかがだまってそっと埋めてしまうというのが祭礼風景のひとつであった。が、いまは氏子が会社になっているためにそうもできず、祭りの運営は極度にくるしくなっている。要するに人間風景としてのかつての船場はどこにもない。

御霊《ごりよう》神社の裏に、高名なうどん屋がある。そこに入って、ニシンそばを食った。こういうそばは京が本場だが、なににしてもニシンとそばを出会わせたというのは奇想であろう。が、よく考えると奇想ではなく、明治ごろまでの大阪の機能と濃厚にかかわっている。大阪の畳建具が木津川尻や安治川尻から船につまれて北海道へゆき、北海道からはその空船にニシンやコンブをつんで大阪にやって来、ここで市が立って諸国に送られてゆく。要するに大阪ではニシンとコンブが豊富で安く、そのために汁そばにまでそれを入れたということになるのであろう。大阪が天下の物資をこの河口から集散していた徳川期流通機構の最後の残党というべきものがニシンであったが、しかしいまそばの上にのっているこのニシンは、もはやそういうものではない。ただのニシンにすぎない。

出ると、街が夜になっている。

「これで、最後ですね」

と、Tさんは寒そうにいった。ニシンのことではなく、われわれの旅も、この回でおしまいになったということである。

あとがき

風土などは、あてにならない。

ある人物を理解しようとするばあい、かれの出身地について通説になっている風土的概念から帰納するほどこっけいなことはない。たとえば、かれは鹿児島県人である、だから西郷隆盛のごとく豪放磊落《らいらく》である、などという。通俗的概念というべんりな大綱をうって人間をひといろにしてなんとなくなっとくしたような気分になる。第一、西郷隆盛が豪放磊落であるかといえばけっしてそうではないであろう。

あるいはたとえば大阪人はがめつい、だからかれはがめつく商売がうまい、という。だからというようには論理はつながらない。それに事実認識もまちがっている。大阪人がはたしてがめついか、それほど商売上手か、それを巨細にみてゆけばこの通念はじつにあやしいものである。風土論的発想というのは、そのようにたよりない。

しかしながらひるがえって言うようだが、風土というものはやはり存在する。歴史的にも地理風俗的にもどうにもならずそれはある。私のいうところは矛盾しているようだが、そういうものは個々のなかには微量にしかなくても、その個々が地理的現在において数十万人あつまり、あるいは歴史的連鎖において数百万人もあつまると、あきらかに他とはちがうにおいがむれてくる。ついでながらここで私がつかっている風土という大ざっぱなことばは、風土的気質、性格、思考法といった意味にとっていただきたい。要するに、個々のばあいはまことに微量でしかない粒子が、大集団をなしたときに蒸れてにおいでてしまっているものがここでいう風土であるかもしれない。その風土的特質から、人間個々の複雑さを解こうというのは危険であるにしても、その土地々々の住人たちを総括として理解するにはまず風土を考えねばならないであろう。いや、ときによっては風土を考えることなしに歴史も現在も理解しがたいばあいがしばしばある。本書は、そういうこころみで書いた。

本書は、「文藝春秋」の昭和四十三年一月号から同年十二月号まで十二回にわたり、「歴史を紀行する」という題でかいたものをまとめたものである。本にするにあたって、内容によりちかい表題として「歴史と人間と風土」というふうにあらためようとしたが、しかしそれは読者に対して不親切だろうとおもい、原題のままにした。ただ、基礎的には、その対象とした土地は、私のそのときのおもいつきに拠っている。

の風土性に一様性が濃く、傾斜がつよく、その傾斜が日本歴史につきささり、なんらかの影響を歴史の背骨にあたえたところの土地をえらんだ。土佐、長州、薩摩、三河などはその強烈さの代表であろう。記述にあたっては、その風土的特質が日本歴史の骨幹に交叉したという、その交叉部分がなんであったかを考えることに力点をおいた。ややジャーナリスティックにいえば、日本歴史の地方地方における楽屋うちというものを見たかったのである。

むろん、ここで私がえらんだ十二カ所というもの以外に、日本歴史にとって重要な風土的体質の土地はある。心残りであるが、いずれは続稿を書くかもしれないということでみずからをなぐさめている。たとえば水戸、肥後などの地名がいま脳裏にうかんでいる。

また、言わでものことかもしれないが、こういう土地々々をあるいていて、ふと逆の土地への思いが濃くなることがあった。つまり風土性が稀薄で、日本歴史のなかでたとえそういう県または地域が存在しなくても日本歴史はいまのごとくに存在しえたという、いわば歴史のなかで昼寝をしているような、物臭な土地のことである。それはそれでみごとな個性であり、別な角度でおもしろく、きわめて私自身のしょうぶんに適っているのだが、しかしやめた。

このくわだてを私にすすめてくださったのは樫原雅春氏であり、ゆくさきざきへ私に同行してくださったのは竹内修司氏である。私自身は、小説さえ書いていればいいというう簡単明瞭なくらしを愛する者で、こういういわば余分なことは多少苦のたねでなくもなかったが、やってみるとじつにたのしかった。さきざきで世話になったひとびととのふれあいは、もはやわすれがたいおもい出になった。

昭和四十四年一月

本書は一九七六年に刊行された文庫の新装版です

文春文庫

歴史《れきし》を紀行《きこう》する

定価はカバーに
表示してあります

2010年2月10日　新装版第1刷
2012年4月15日　　　　第5刷

著　者　司《し》馬《ば》遼《りよう》太《た》郎《ろう》

発行者　羽鳥好之
発行所　株式会社 文藝春秋

東京都千代田区紀尾井町 3-23　〒102-8008
TEL 03・3265・1211
文藝春秋ホームページ　http://www.bunshun.co.jp
落丁、乱丁本は、お手数ですが小社製作部宛お送り下さい。送料小社負担でお取替致します。

印刷製本・凸版印刷
Printed in Japan
ISBN978-4-16-766335-3

（　）内は解説者。品切の節はご容赦下さい。

司馬遼太郎
この国のかたち
（全六冊）

長年の間、日本の歴史からテーマを掘り起こし、香り高く豊かな作品群を書き続けてきた著者が、この国の成り立ちについて、独自の史観と明快な論理で解きあかした注目の評論。

し-1-60

司馬遼太郎
八人との対話

山本七平、大江健三郎、安岡章太郎、丸谷才一、永井路子、立花隆、西澤潤一、A・デーケンといった各界の錚々たる人びとと文化、教育、戦争、歴史等々を語りあう奥深い内容の対談集。

し-1-63

司馬遼太郎
最後の将軍
徳川慶喜

すぐれた行動力と明晰な頭脳を持ち、敵味方から怖れと期待を一身に集めながら、ついに自ら幕府を葬り去らなければならなかった最後の将軍徳川慶喜の悲劇の一生を描く。　（向井　敏）

し-1-65

井上　靖・司馬遼太郎
西域をゆく

少年の頃からの憧れの地へ同行した二大作家が、興奮も覚めやらぬままに語った、それぞれの「西域」。東洋の古い歴史から民族、そしてその運命へと熱論ははてしなく続く。　（平山郁夫）

し-1-66

司馬遼太郎
竜馬がゆく
（全八冊）

土佐の郷士の次男坊に生まれながら、ついには維新回天の立役者となった坂本竜馬の奇跡の生涯を、激動期に生きた多数の青春群像とともに大きなスケールで描く永遠の傑作青春小説。

し-1-67

司馬遼太郎
歴史と風土

「関ヶ原の戦い」と「清教徒革命」の相似点、『竜馬がゆく』執筆に到るいきさつなど、司馬さんの肉声が聞こえてくるような談話集。全集第一期の月報のために語られたものを中心に収録。

し-1-75

司馬遼太郎
坂の上の雲
（全八冊）

松山出身の歌人正岡子規と軍人の秋山好古・真之兄弟の三人を中心に、維新を経て懸命に近代国家を目指し、日露戦争の勝利に至る勃興期の明治をあざやかに描く大河小説。　（島田謹二）

し-1-76

（　）内は解説者。品切の節はご容赦下さい。

司馬遼太郎
菜の花の沖（全六冊）
江戸時代後期、ロシア船の出没する北辺の島々の開発に邁進し、日露関係のはざまで数奇な運命をたどった北海の快男児、高田屋嘉兵衛の生涯を克明に描いた雄大なロマン。（谷沢永一）
し-1-86

司馬遼太郎
ペルシャの幻術師
十三世紀、ユーラシア大陸を席巻する蒙古の若き将軍の命を狙うペルシャの幻術師の闘いの行方は……幻のデビュー作を含む、直木賞受賞前後に書かれた八つの異色短篇集。（磯貝勝太郎）
し-1-92

司馬遼太郎
幕末
歴史はときに血を欲する。若い命をたぎらせて凶刃をふるった者も、それによって非業の死をとげた者も、共に歴史的遺産といえるだろう。幕末に暗躍した暗殺者たちの列伝。（桶谷秀昭）
し-1-93

司馬遼太郎
翔ぶが如く（全十冊）
明治新政府にはその発足時からさまざまな危機が内在外在していた。征韓論から西南戦争に至るまでの日本の近代をダイナミックかつ劇的にとらえた大長篇小説。（平川祐弘・関川夏央）
し-1-94

司馬遼太郎
大盗禅師
妖しの力を操る怪僧と浪人たちが、徳川幕府の転覆と明帝国の再興を策して闇に暗躍する。夢か現か――全集未収録の幻の伝奇ロマンが、三十年ぶりに文庫で復活。（高橋克彦・磯貝勝太郎）
し-1-104

司馬遼太郎
世に棲む日日（全四冊）
幕末、ある時点から長州藩は突如倒幕へと暴走した。その原点に立つ吉田松陰と、師の思想を行動化したその弟子高杉晋作を中心に変革期の人物群を生き生きとあざやかに描き出す長篇。
し-1-105

司馬遼太郎
酔って候
土佐の山内容堂を描く「酔って候」、薩摩の島津久光の「きつね馬」、宇和島の伊達宗城の「伊達の黒船」、鍋島閑叟の「肥前の妖怪」と、四人の賢侯たちを材料に幕末を探る短篇集。（芳賀　徹）
し-1-109

（　）内は解説者。品切の節はご容赦下さい。

司馬遼太郎
義経
源氏の棟梁の子に生まれながら寺に預けられ、不遇だった少年時代。義経となって華やかに歴史に登場、英雄に昇りつめながらも非業の最期を遂げた天才の数奇な生涯を描いた長篇小説。

し-1-110

司馬遼太郎
以下、無用のことながら
（上下）
単行本未収録の膨大なエッセイの中から厳選された71篇。森羅万象への深い知見、知人の著書への序文や跋文に光るユーモア、エスプリ。改めて司馬さんの大きさに酔う一冊。（山野博史）
し-1-112

司馬遼太郎
故郷忘じがたく候
朝鮮の役で薩摩に連れてこられた陶工たちが、帰化しても姓をあらためず、故国の神をまつりながら生きつづけて来た姿を描く表題作のほかに、「斬殺」「胡桃に酒」を収録。（山内昌之）
し-1-113

司馬遼太郎
功名が辻
（全四冊）
戦国時代、戦闘も世渡りもからきし下手な夫・山内一豊を、三代の覇者交代の間を巧みに泳がせて、ついには土佐の太守に仕立て上げたその夫人のさわやかな内助ぶりを描く。（永井路子）
し-1-114

司馬遼太郎
夏草の賦
（上下）
戦国時代に四国の覇者となった長曾我部元親。ぬかりなく布石し、攻めるべき時に攻めて成功した深慮遠謀ぶりと、政治に生きる人間としての人生を、妻との交流を通して描く。（山本一力）
し-1-118

司馬遼太郎
司馬遼太郎対話選集　全10巻
歴史、戦争、宗教、アジア、言葉……。幅広いテーマをめぐって、司馬遼太郎が各界の第一人者六十名と縦横に語り合った対談の集大成。「日本の今」を考える上での刺激的な視点が満載。

し-1-120

（　）内は解説者。品切の節はご容赦下さい。

高峰秀子
私の梅原龍三郎
大芸術家にして大きな赤ん坊。四十年近くも親しく付き合った洋画の巨匠梅原龍三郎の思い出をエピソード豊かに綴ったエッセイ集。梅原描く高峰像等カラー図版・写真多数。（川本三郎）
た-37-1

高峰秀子
わたしの渡世日記（上下）
複雑な家庭環境、義母との確執、映画デビュー、青年・黒澤明との初恋など、波瀾の半生を常に明るく前向きに生きた著者が、ユーモアあふれる筆で綴った傑作自叙エッセイ。（沢木耕太郎）
た-37-2

竹本住大夫
文楽のこころを語る
人間国宝である著者が、名作十九演目について、作品の面白さ、詞《ことば》の一行一行にこめられた工夫や解釈にいたるまで、芸の真髄を語り尽くした、文楽ファン必携の書。（対談・茂山千之丞）
た-70-1

田草川《たそがわ》 弘
黒澤明VS.ハリウッド
『トラ・トラ・トラ！』その謎のすべて
日米合作映画『トラ・トラ・トラ！』――撮影開始直後、なぜクロサワは解任されたのか。日米徹底取材で、日本映画界最大の謎に迫った、大宅賞など四賞受賞のノンフィクション。（川本三郎）
た-76-1

中野京子
恐怖と愛の映画102
「電話」「乗り物」「家」など九つのテーマで一〇二本の映画を紹介するエッセイ集。『ゴッドファーザー』の母の役割とは？　『マトリックス』の電話の皮肉とは？　意外な発見が満載。
な-58-1

中本千晶
宝塚《ヅカ》読本
観劇のお作法、歌劇団の仕組みと歴史、ファンの生態、チケットの入手法などなど、清く正しく美しい世界をのぞいてみたい、アナタの疑問に答えます。初心者からマニアまでウェルカム！
な-59-1

橋本　忍
複眼の映像
私と黒澤明
黒澤との共作『羅生門』で脚本家デビューした著者が初めて明かす『生きる』や『七人の侍』の創作秘話の数々。黒澤映画の貴重な一次資料にして、名脚本家の感動の自伝。（加藤正人）
は-38-1

（　）内は解説者。品切の節はご容赦下さい。

美濃部美津子
三人噺　志ん生・馬生・志ん朝
稽古熱心だった父・志ん生、絵が上手だった弟・馬生、蔭で人の何倍も努力していた弟・志ん朝、そして家族をやさしく守った母。名人一家の長女が語る噺家たちの素顔、泣き笑い人情噺。
み-29-1

村上春樹
意味がなければスイングはない
待望の、著者初の本格的音楽エッセイ。シューベルトのピアノ・ソナタからジャズの巨星にJポップまで、磨き抜かれた達意の文章で、しかもあふれるばかりの愛情をもって語り尽くされる。
む-5-9

山田　和
インド ミニアチュール幻想
近代化のなかで失われてゆくインドの伝統の美と心をたどる、四半世紀にわたった旅が生んだ傑作。講談社ノンフィクション賞受賞作品。21世紀のインド美術を報告する新章書き下ろし。
や-44-1

山田　和
知られざる魯山人
父は、なぜ魯山人作品を売り払ったのか？　完璧な資料渉猟と関係者取材80人超。選考委員にも「これほどのものは二度と書かれまい」といわしめた、大宅賞受賞の決定的評伝。（磯田道史）
や-44-2

野村順一
色の秘密　最新色彩学入門
人はピンクで若返り、黒い服はシワを増やす。目や皮膚を通してその心理に働きかけ、生死をも左右する色の謎を科学的に解明した商品色彩学の権威、商学博士の現代人快適生活のススメ。
P20-21

野村順一
誕生色事典　「色の秘密」366日
「自分色」でわかる、本当の「自分」とは——。膨大な研究データから選び抜いた三六六の誕生色。その日生まれの人の性格、適職、生きるヒントなどが一目瞭然。美しいカラーチャート付。
P20-27

ピーコ
聞き手　糸井重里
ピーコ伝
テレビにラジオに大活躍の著者が、糸井重里という聞き手を得て、家族や恋愛、そして病気のことなど、半生を赤裸々に真摯に語った初の自伝。きっぱりとした美しい生き方に触れる一冊。
P50-15

「司馬遼太郎記念館」への招待

司馬遼太郎記念館は自宅と隣接地に建てられた安藤忠雄氏設計の建物で構成されている。広さは、約2300平方メートル。2001年11月に開館した。

数々の作品が生まれた自宅の書斎、四季の変化を見せる雑木林風の自宅の庭、高さ11メートル、地下1階から地上2階までの三層吹き抜けの壁面に、資料本や自著本など2万余冊が収納されている大書架、……などから一人の作家の精神を感じ取っていただく構成になっている。展示中心の見る記念館というより、感じる記念館ということを意図した。この空間で、わずかでもいい、ゆとりの時間をもっていただき、来館者ご自身が思い思いにしばし考える時間をもっていただきたい、という願いを込めている。　（館長　上村洋行）

利用案内

所在地　大阪府東大阪市下小阪3丁目11番18号　〒577-0803
TEL　06-6726-3860，06-6726-3859（友の会）
HP　http://www.shibazaidan.or.jp
開館時間　10:00～17:00（入館受付は16:30まで）
休館日　毎週月曜日（祝日・振替休日の場合は翌日が休館）
特別資料整理期間（9/1～10）、年末・年始（12/28～1/4）
※その他臨時に休館することがあります。

入館料

	一般	団体
大人	500円	400円
高・中学生	300円	240円
小学生	200円	160円

※団体は20名以上
※障害者手帳を持参の方は無料

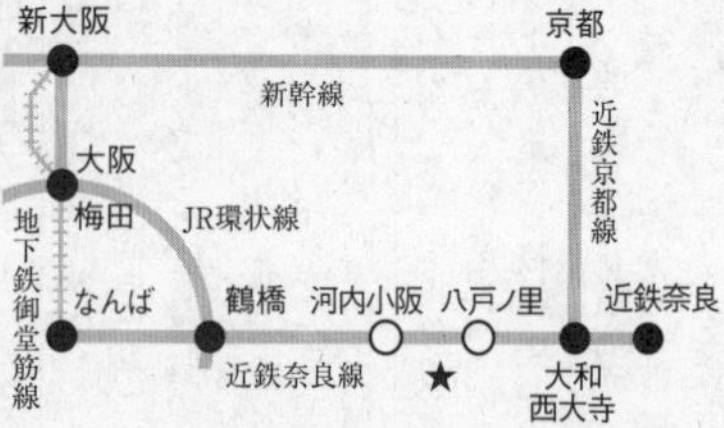

アクセス　近鉄奈良線「河内小阪駅」下車、徒歩12分。「八戸ノ里駅」下車、徒歩8分。
Ⓟ5台　大型バスは近くに無料一時駐車場あり。但し事前にご連絡ください。

記念館友の会　ご案内

友の会は司馬作品を愛し、記念館を支えてくださる会員の皆さんとのコミュニケーションの場です。会員になると、会誌「遼」（年4回発行）をお届けします。また、講演会、交流会、ツアーなど、館の行事に会員価格で参加できるなどの特典があります。

年会費　一般会員3000円　サポート会員1万円　企業サポート会員5万円
お申し込み、お問い合わせは友の会事務局まで
TEL 06-6726-3859　FAX 06-6726-3856